豊平川今昔物語

村重知幸
MURASHIGE Tomoyuki

文芸社

目次

はじめに

四千万年前、地球の幾つかのプレートがぶつかり合い一つの島が生まれた。

その後、隆起した場所が山脈になり押し下がった場所が平野になった。すると、溶岩が噴き出し海水が流れ込み、全体が変形していった。さらに、氷河期に入ると島は凍り付いて海面が下がり、大陸と地続きになり、様々な動植物が移動してきた。そして、少しずつ気温が上昇して海面が上がると当初とは違った形の島が浮かび上がった。

ある日、そんな島の一部に銀色の雲がたなびき無数の露が木々に貼り付いた。そこに太陽が顔を出し矢のような光を露たちに浴びせると、その一つが地面に落ちた。露は周りの水を集めながら一筋の流れになり、次第に他の流れを呑み込み激流となった。激流は岸を洗掘《せんくつ》して木々を倒し、岩を削って石を巻き上げ最後は滝となって海に流れ落ちた。その後、数えきれない昼夜が繰り返されていくうち山々は丸みを帯びて後退し、その麓には扇形の平野が広がった。すると、元々一本だった流れは平野で幾筋もの流れに変わりゆったりと流れた。それが私だった。

私の身体には様々な生き物たちが息づいている。魚たちは泳ぎ回り、水草や石の隙間にはスジエビやサワガニなど様々な虫たちが隠れている。また、中州では渡り鳥が羽を休め、淵では水鳥が餌を探して泳ぎ、水辺では獣たちが水を飲み、岸辺に続く木々は私に沿って影を投げかけている。だが、それも長くは続かない。しばらく進むと大きな流れがあるのだ。これまで私が小さな流れを呑み込んできたように、今度は私が大きな流れに呑み込まれ淀んでいく。すると、少しずつ異質な水が混じってくる。それは海水だ。海が間近に迫っているのだ。海は私たち川が集まった存在だ。だから、私たちがいなければ生きていけない。だが、そんな私たちも雨が降らなければ存在できない。そして、雨もまた海や私たちの蒸発する水で命を保っている。みんな持ちつ持たれつだ。豪雨が続くと、私は自分の身体を支えきれなくなり洪水を起こす。それは新たな流れを作ることもあれば、分かれていた流れをまとめることもある。逆に日照りが続くと身体は痩せ細り、多くの生き物が死んでしまう。これらは自然の中では普通の出来事だ。すべて自然の摂理だ。私はそれに抵抗する意思もなく何も考えることなく従うだけだ。つまり、私も自然の一部だと自覚しながら生き続けているのだ。

しかし、一人の人間と出会ってから私の気持ちが少し変わった。

一　アイノネ

蝦夷地のサッ・ポロ・ペッ（乾いた大きな川）右岸のトゥイ・ピラ（崩れた崖）にコタン（アイヌ集落）があった。

コタンの人たちは私から水を汲み、魚を捕り、洗濯をした。そのため、私は彼らにとってなくてはならない存在だった。私はそんなコタンに住むアイノネという少年と友達になった。アイノネはいつも私に挨拶をし、岸に生えているイタヤカエデの根元にお供えをしてくれた。私はそんな彼の気持ちを汲み、釣りをする時は魚を集め、泳ぐ時は流れを加減してあげた。

私たちは様々な話をした。彼は家庭や遊びのことを、私は獣や鳥や水の中の生き物たちのことを話してあげた。そんな時、彼はいつも目を輝かせていた。

ある春の朝、アイノネは根曲がり竹を持ってきた。

「これは昨日の残り物だけど、甘くてとてもおいしかったよ」

「いつもありがとう。嬉しいです」

「そういえばあなたはどんな物が好きなの？　お供物がなくなっている時もあればそのまま残っていることもある。好き嫌いがあるの？」

　私は苦笑いをしながら答えた。

「私はお供え物を食べるわけではなく、供えてくれた君の気持ちを受け取っているのです。だから、なくなったお供え物は鳥や獣たちが食べたり持ち去ったりしているのですよ」

「でも、せっかくあなたにあげたのに」

「それで良いのです。君がお供えをしてくれたということだけで私の心は温かい気持ちでいっぱいになります。そして、そのお供物は鳥や獣たちの食べ物になっています。つまり、君のお供えは私ばかりではなく鳥や獣たちの役に立っているのですよ」

　アイノネは頷いた。


　焼けつくような暑い夏の昼下がり、アイノネが数人の友達とやって来た。

　アイノネはイタヤカエデの根元にユリ根の団子を供えると、みんなと一緒に川に突き出ている岩の上によじ登った。子供たちはそこから水の中に飛び込み、浮き上がっては再び岩によじ登って飛び込む、ということを繰り返していた。

強く白い陽射しの中、少年たちの歓声と水の音が心地よく響いていた。すると、何回目かの飛び込みの時、アイノネはそれまでとは違う場所から飛び込んだ。ところが、その下には岩が隠れていた。アイノネは岩に頭を打って気を失い、沈んだまま流された。

私はそんなアイノネを水上に浮かせると、岩を避けながら安全な岸辺に運んだ。意識が戻ったアイノネは頭を抱えながら自宅に戻った。


翌日、アイノネは粟《あわ》と稗《ひえ》の雑炊を供えに来た。

「昨日、僕を助けてくれたね。ありがとう。おかげで助かったよ」

「注意してください。油断すると大変なことになりますからね」

「うん。わかった。注意するよ。でも、流されている間、何か温かいものにくるまれているようなやさしい感じがしてとても気持ちが良かった。ずっとこのままでいたいと思ったほどだったよ。いったいあれは何だったんだろう？」

「あれは私です。君を守りたいという気持ちが君をそんなふうに感じさせたのです」

「頭は痛かったけど、あれは気持ち良かったなぁ。これからも、あんなふうにずっと僕を抱いていてほしいなぁ」

と、アイノネはおねだりするように訴えたので私は釘を刺した。

「私は君が危険な目に遭っていたので救っただけです。あんなことが二度と起こってはいけません」


暑さが続き雨の降らない日が続いた。

私は干上がり川底が丸見えになった。水たまりにいる魚たちが飛び跳ね、それをコタンの人たちが喜んで捕まえた。

アイノネはそんな私を見て心配そうに言った。

「すっかりやせ細ったね。大丈夫？　お水がチョロチョロしか流れていないよ」

「雨がずっと降っていないので、こうなるのは仕方がないのです」

「でも、このままだとお水がすっかりなくなってしまうよ」

「たとえそうなっても心配することはありません。雨が降れば元に戻ります」

アイノネは不思議そうな顔で私を見つめた。

まもなく、空一面を覆うほどのバッタの大群が襲来した。

畑の作物という作物は根こそぎ食べられ、壊滅状態になった。

しかし、そんな時でもアイノネは私にお供えを持ってきた。

「ごめんなさい。作物がバッタにやられてしまったので、これしかお供えできないの」

そう言うと、片手に握った麦を見せた。

「実はこれ内緒で持ってきたの。見つかったら怒られるよ」

その夜、アイノネの家から泣き叫ぶ声が聞こえた。


翌朝、釣り竿を担いだアイノネがお尻を庇うようにして私の元にやって来た。

「昨日、家から食べ物を持ち出したので父さんに怒られたよ。僕はあなたのことを説明したんだけど、わかってくれなくてお尻を叩かれたの。しかも、罰として魚を捕ってくるように言われた。父さんはあなたのことを理解していないんだ。だから、お供えできる物はこれしかないの」

イタヤカエデに供えられた鮭トバはアイノネのおやつだった。私はその気持ちに感謝し、たくさんの魚を釣り針の周りに集めてあげた。

秋になり雨の降る日が続いた。

私の身体は膨らみ岸を呑みながら激しく流れた。

アイノネは私の元に駆けつけると、目を丸くして驚いた。

「ああ！　何を怒っているの！　お供え物が気に入らないの？」

「怒ってはいません。雨が降り続けばこうなるのです。これが自然というものです」

「でも、すごすぎるよ！」

「それより、私が氾濫するのは時間の問題です。できるだけ早く高い所に逃げるようにみんなに伝えてください」

アイノネは私の警告を受けてコタンに走り洪水が近いことを告げた。それからまもなく、私の身体は平地に向かって流れ出た。


翌日、コタンは流されて跡形もなくなっていた。

私はそんな光景を呆然と眺めるアイノネに話しかけた。

「私は雨が降らない日が続くと干上がり、逆に雨がたくさん降れば氾濫します。私はあなたたち人間が困るからといってこうした自然の行為に逆らうことはできないのです」

「でも、そのために僕たちは家や食べ物などすべてを失ったよ。あなたは僕たちの味方じゃないの？」

「良い機会だから学んでください。この世界は大地、海、山、私のような川と共に草木、動物、魚、虫たちで成り立っています。そして、こうした自然の中で君のような人間たちが毎日を精一杯生きているのです。でも、生きていれば楽しい時だけではなく、辛い時や悲しい時もあります」

「確かにあなたと話している時は楽しいけど、父さんに怒られたら悲しいよ」

「人間はそういうことを繰り返しながら生き続け、やがて消えていくのです」

「消えるというのは死ぬということでしょう？　あなたも死ぬの？」

「私の場合は死ぬというより形を変えるのです。実は、私はこれまで幾度となく形や流れを変えてきました」

「僕はそんなところを見てないよ」

「君は生まれてほんの少ししか経っていないからです。この話は君が想像できないほどずっと昔からのことです」

　私はアイノネを、下流を見渡すことができる山に登らせた。

「向こうに幾つかの細長く曲がった湖が見えますか?」

「うん。見えるよ。三日月みたいだ」

「あれはすべて私だったのです」

「どうして身体が分かれちゃったの?」

「はるか昔、昨日以上の大雨が降り私は氾濫しました。そして、溢れ出た水が新たな流れを作りました。そのため、それまでの流れが淀んで湖になったのです。そんなことが何度も起きて、今、君が見ている景色になったのです」

アイノネは感慨深そうに三日月湖を眺めた。


冬になり地上は雪と氷に覆われた。

私は空に向かって澪筋《みおすじ》を開き、そこに川霧が揺らめいた。今日は朝から雪が降っていた。アイノネは雪をかき分けながらイタヤカエデに向かうと、根元の雪を払い、鹿肉の干物を供えた。

すると、近くで何かが動いた。それはウサギだった。ウサギはアイノネから逃げるように雪原に向かって飛び跳ねていった。アイノネの興味は私からウサギに移り、降雪が強くなる中、かまうことなく追いかけた。ところが、ほどなくウサギを見失ったアイノネは困惑した表情になった。気付くと、激しい降雪のため周りが見えなくなり方角がわからなくなっていたのだ。

アイノネはベソをかきながら適当な方向に進んだ。だが、自分がどこにいるのかまったく見当がつかなかった。そして、深い雪に足をとられて転ぶと、それまで抑えていた気持ちが一気に吹き出し声を上げて泣いた。だが、その声は吹雪に消されどこにも響くことはなかった。まもなく泣き疲れたアイノネは、諦めたようにその場に蹲《うずくま》った。その身体に容赦なく雪が降り積もった。

すると、突然、頭上で『ポポー！』という鳴き声が響いた。アイノネが顔を上げると、目の前の灌木にシマフクロウが留まっていた。シマフクロウはアイノネを誘うように羽をばたつかせて飛び立つと、隣の灌木に留まり、再び『ポポー！』と鳴いた。

蹲っていたアイノネは立ち上がり、シマフクロウの元に近付いた。すると、シマフクロウはさらに飛び立ち、アイノネとの間合いを計るように近くの灌木に留まり、三度《みたび》『ポポー！』と鳴いた。シマフクロウはこの行為を繰り返しながらアイノネを私に近付けてきた。そして、ある程度近付いたところで、私は力強い水音を立てた。すると、泣きべそをかいていたアイノネの顔が緩んだ。

こうしてアイノネは私の元に辿り着いた。

「大丈夫ですか？　心配していました。コタンはすぐそこです」

私がそう呼びかけると、アイノネは泣きながら訴えた。

「良かった！　迷子になったの！　そんな僕をシマフクロウが連れてきてくれたんだ！　シマフクロウは神様の使いだって父さんが言ってたけど、そのとおりだった！　神様が僕を助けてくれたんだよ！」

「それならもっと良い子になってください。そうすれば神様はもっと助けてくれると思いますよ」

「うん！　もっと良い子になる！」

アイノネは元気良くそう言うとコタンに帰っていった。

そこに、シマフクロウが飛んできて、岸辺の樹木に留まった。

「ありがとう。あなたのおかげであの子を無事に助け出すことができました」

私はそう言うと、雪の上に一匹の鮭を弾き出した。

「わしはただ単にあんたの頼みを聞いただけだ。だが、役に立てて嬉しく思う」

シマフクロウはそう言うと、鮭を鷲掴みにして森の中に飛んでいった。

春になった。

山の雪が融け私の身体が膨らんだが、ある時を境に細り始めた。

その異変に気付いたのはアイノネだった。

「どうしてお水が減ったの？　雪はみんな融けたの？」

「まだまだ残っています。ただ、上流で雪の重みで倒れた木々が岩に挟まり、流れを堰《せ》き止めているのです。このままでは水が再び溢れてしまうかもしれません」

アイノネはコタンに戻って私の状況を伝えた。すると、男たちが上流に向かい、堰き止めていた木々を取り払った。

私はアイノネに感謝した。

「ありがとう。また、洪水を起こしてみなさんに迷惑をかけるところでした」

「僕、考えたんだけど、あなたの周りに土や岩で壁を作ったらどうかな？　そうすれば、少しくらいお水が溢れても大丈夫だと思うんだけど」

「なるほど。それは名案ですね。だけど、考えてみてください。例えば、君が暴れるからといってずっと家に閉じ込められたらどうします?」

「そんなのやだよ」

「そうですよね。私も同じなのです」

アイノネは深く頷いた。


ある朝、水を汲みにきたアイノネの様子が変だった。

「おはよう。元気がありませんね。何かありましたか?」

アイノネは気落ちしたように口を開いた。

「父さんが仲間と一緒に南のコタンに行ったまま帰ってこないの」

「それは心配ですね」

「食べ物が少なくなったので分けてもらいに行ったんだよ。だけど、そっちの方には和人がいるんだ。僕たちは和人と仲が悪いから心配なの。何もなければいいんだけど」

「お父さんたちがどこにいるかわかったら教えてあげましょう」

「頼むよ。お供え物、いっぱい持ってくるからね」

アイノネは一度コタンに戻ると、再び大人たちと一緒にやって来た。そして、様々な食べ物をイタヤカエデの根元に溢れるほど供えて祈った。

大人たちが祈りを終え引き上げると、アイノネが悪戯っぽく囁いた。

「実は大人たちにあなたのことを話したの。大人たちはいろいろな神様に父さんたちの無事を祈っていたんだけど、僕が言うと来てくれたんだ」

私はさっそく鳥や獣たちにアイノネの父親たちの消息を尋ねた。すると、すぐに反応があった。

ヒグマがカラ松の幹で爪を研ぎながら答えた。

「数人の人間たちが原野の中を南の方に向かって歩いていた。人間とは距離があったので争うことはなかったが、近くだったらやられていたかもしれない。くわばら、くわばら」

次にキタキツネが辺りを見回しながら言った。

「見たよ。船で川を上っているところを見たよ。でも、ネズミを追っている最中だったから、それ以上のことはわからない。だって、餌の方が大事だからね」

さらに、空を飛んでいるコハクチョウたちが口々に叫んだ。

「羽を休めていた湖の近くでたくさんの鉄砲の音がした」

「驚いて飛び上がったら和人たちが南の方角のコタンを襲っていた」

「でも、私たちには関係がないからそのまま北に帰ることにした」

そこにアイノネがやって来た。私は重い気持ちで動物たちの話を伝えた。

まもなく、大人たちが南のコタンに向かった。その後、彼らの目に映ったのは数々の焼かれた家と殺された仲間たちだった。


数日後、アイノネは厳しい表情で私に話しかけた。

「ありがとう。あなたのおかげで父さんたちが見つかり、お葬式も無事に終わった」

「悲しいでしょうけど気持ちをしっかり持たなければなりませんよ」

すると、アイノネは首を振りながら答えた。

「これから父さんたちの仇《かたき》を取るため和人たちのところに行くんだ」

「あなたも戦うのですか？」

「僕はまだ大人の儀式をしていないので戦いに参加することはできない。その代わり、二人のお兄ちゃんが戦いに行き、僕はここで帰りを待つ。だけど、そんなの嫌だ。早く大人になって父さんの仇を取りたい」

アイノネは悔しそうに南の空を見上げた。

その日、大人たちがラタシケプと呼ばれる高級料理と酒を持ってやって来た。

そして、それらをイタヤカエデの根元に供えると、私に向かって戦いに勝つための祈りをした。男たちは戦いの踊りを舞ってから出発した。それを老人、女、子供たちが見送った。

アイノネが私の元にやって来た。

「勝てるかな？　大丈夫だよね。みんなあなたにお願いしたから」

私は困惑した。

「私にそんな力はありませんよ」

「でも、父さんたちを見つけてくれた。だから、みんなはあなたに力があると言って豪華なお供え物をして祈ったんだよ」

「お父さんたちを見つけることができたのは、鳥や獣たちに聞いたからです。前にも話したとおり私にそんな力はありません。現に大雨の時は氾濫してコタンを流しました」

「それはあなたにお祈りやお供えをしなかったからだとみんな言っていたよ」

「それは誤解です。お祈りやお供えは嬉しいのですが、しないからといってわざとコタンを流すようなことはしません」

「でも、みんなはあなたにお祈りをしたので絶対に勝てると思っているよ」

アイノネはそう言うと、たどたどしく戦いの踊りを舞った。


その昼下がりのことだった。

突然、コタンから悲鳴や怒号が聞こえた。それは和人たちの襲撃だった。和人たちは戦いに向かった男たちを全滅させると、その勢いでコタンまで襲ったのだ。

私は和人たちがコタンに向かっていることを鷹の通報で知ったが、その時にはすでに遅かった。腕に覚えのある老人たちが立ち向かったが、力の差は歴然としていた。和人たちはそんな老人を刀で切り付け、逃げ惑う女と子供を弓で射、走り去る者を鉄砲で撃った。そして、家や倉から食べ物や毛皮などを奪って火を放ち、コタンを焼いた。

すると、その燃え盛る火の中から一人の子供が出てきた。アイノネだった。アイノネは私に向かってふらつきながら歩いてきた。

私は叫んだ。

「早く逃げなさい！　殺されますよ！」

すると、アイノネは私に向かって両腕を差し出した。

「僕を守って！　温かくやさしく抱いて！」

そう叫ぶと倒れた。見ると、背中に矢が突き刺さっていた。私はそんなアイノネに向かって何度も呼びかけた。だが、返事をすることも動くことも二度となかった。

私は泣いた。激しく泣いた。すると、私の悲しみに応えるように雨が降り出し、それは豪雨になった。さらに、雷が鳴り響き、その一つが激しい閃光と共にイタヤカエデの上に落ちた。幹が裂け、その姿形を変えた。その最中、私は泣き続け、流れは濁流となって渦巻いた。

私はこれまでどんなことがあっても自然に抗うことはなかった。だが、この時だけは違った。私は強い怒りと激しい悲しみという感情に支配されていた。私は目の前の事実を否定したいため、アイノネの身体を守りながら自分の意志で氾濫し、焼け落ちたコタンと殺された人々を一気に流した。さらに、意気揚々と引き揚げていく和人たちを追い、彼らも全員呑み込んだ。こんなことをしたのは後にも先にもこの時だけだった。

しばらくして冷静になった私は水嵩を減らし、激流を抑え、元のゆったりとした流れに戻した。私はアイノネの望みを果たしてあげることにした。水に浮いているアイノネを温かくやさしく抱くと、ゆりかごを揺らすように流れに乗せた。そうやって下流に送りながらアイノネとの思い出に浸った。彼の愛らしい動作や様々な会話など、何もかもが懐かしかった。

ところが、そこに新たな哀しみが私の中に流れてきた。それは流入している小川たちの同情の涙だった。そのため、一度引いていた私の水が再び増え、氾濫するほど満々とたたえた。するといつの間にかアイノネの周りを魚たちが取り囲み、その上を鳥たちが飛び回り、獣たちが岸辺で頭を垂れた。私はあたかも眠っているようなアイノネを抱いたまま下流に送り続けた。そして、間もなく本流の石狩川に合流した。私はアイノネを守りながら流し続けたが、ついに河口が近付いた。ここから先はアイノネを海に引き渡さなければならない。

私は海にお願いした。

「この子は私の親友です。ですから、人間に見つかることなく、魚に突かれることがないように守ってあげてください」

「わかった。私の中で穏やかに眠らせてあげよう」

海はそう言うと、アイノネを無限の水でやさしく包んでいった。

二　渡し守

江戸時代の末、蝦夷地の石狩平野に開拓の鍬《くわ》が入れられた。平野の南側から流れるサッ・ポロ・ペッ川はその名をトゥイ・ピラ川に変え、この地域はサッポロ場所と呼ばれた。

安政年間、トゥイ・ピラ川右岸で渡し守をするため一組の家族がやって来た。その家主は志村鐵一《てついち》といい、すでに五十の齢を超えていた。

これはその鐵一の話だ。

蝦夷《えぞ》地は徳川幕府の直轄地になっていた。

幕府は広大な蝦夷地の開拓をする拠点としてサッポロを選んだ。そして、物流や人を通すため原野を開削し、太平洋と日本海を結ぶ道路を造成していた。だが、サッポロを流れるトゥイ・ピラ川は暴れ川だったため橋を架けることが困難だった。そこで、この地を所管するサッポロ場所石狩役所の荒井金助《きんすけ》は同郷の志村鐵一に渡し守を依頼したのだった。信濃の剣客だった鐵一は江戸で道場を開いていたが、弟子も収入も少なく生活はままならなかった。そんな時、文字どおり渡りに船とばかりに仕事の話が来たのだった。

しかし、鐵一は迷った。

『生活が苦しいのは事実だが、剣で磨いた腕を渡しに使うというのは抵抗がある。しかも、蝦夷地という所は津軽の海を越えた北の最果てにあり、とても寒い所だと聞いている。しかし、渡し守の仕事は安定した収入を保証され妻や子に不憫《ふびん》な思いをさせないで済む。現実を考えた場合、名より実を取るべきではないだろうか』

思案の末、鐵一は妻子を連れサッポロにやって来たが、すぐに声を失った。

未開の地とはいえ集落くらいはあると思っていた。だが、ここには自分たちの住む家以外、川と灌木だらけの原野しかないではないか。しかも、渡し場に続く道路は草木を払っただけの簡単なもので、道路というより獣道のようだ。だが、仕事を引き受けた以上、責任を持って取り組まなければならない。今、ここにやって来る人や荷物は少ないが、開拓が進むにつれ賑やかになっていくだろう。

そうやって自分を奮い立たせた鐵一はさっそく渡しの準備にとりかかった。まず、コクワの弦を川の両岸にしっかり張ると、調達された船に乗り、弦を伝って船を動かした。だが、慣れないため、すぐ川の中に放り出されてしまった。それでも、稽古を重ねていくうちに上達し、多少のことでは落ちないようになった。こうして、慣れない渡しの仕事は次第に板に付くようになった。

ところで、対岸には別の渡し守がいた。それは吉田茂八《もはち》という男で渡し守以外に狩猟をしていた。二人は身分こそ違ったが、お互い行き来をしているうち友人になった。そして、鐵一は茂八に剣術を教え、茂八はその指南代として捕った獣や鳥を鐵一に渡した。

鐵一は蝦夷地に来るまで肉を食べる習慣があまりなかったが、食材が不安定なこの地では貴重なタンパク源になった。

また、鐵一は信仰深く、どこにいても寺社へのお参りは欠かさなかった。そのため、この地に来ても仕事をする前には河岸に聳えているイタヤカエデの根元に供物をし、柏手を打って安全を祈願するのが習慣になっていた。

『川の神様、おかげで昨日は無事に船を渡すことができました。ありがとうございます。今日もまた、安全に行き来できますようお願いします』

そのイタヤカエデは幹が大きく裂け、まるで天に昇る龍のような姿だった。

ある日、鐵一は帰りの船を操っていた。

そこに上流から丸太をつないだ無人の筏《いかだ》が流れてきた。すると、筏は岩に衝突してバラバラになり船を襲った。鐵一は川の中に投げ出されたが、すぐに水中から首を出した。だが、そこに流れてきた丸太が頭を直撃した。

＊

私は鐵一に話しかけた。

「目を覚ましてください」

「お前は何者だ?」

「私はあなたから祈られている者です。そんなあなたの気持ちは伝わっています」

「それは嬉しいことだ。だが、今回、事故に遭ってしまった。私の祈りは足りなかったということだろうか?」

「そんなことはありません。それよりお願いがあるのです」

「しかし、私は身体が動かない。このまま流されて死ぬだけだ」

「大丈夫です。私が助けてあげます。目を覚ましたら私を祀ってください。私は多くの人たちと交流がしたいのです」

「わかった。言うとおりにする」

私は鐵一を岸辺の安全な場所に運んだ。

＊

翌日、鐵一は祠《ほこら》を作り始めたが、途中で手が止まった。

『祠を作ってもその中に御神体を入れなければ意味がない。何を御神体にすれば良いのだろう？　相手は川の神様だ。川を表すものでなければならない』

鐵一は困ってトゥイ・ピラ川を見た。ゆったりと流れる川面に、西の山に沈む夕日の朱色が映っている。鐵一はそれを見て閃いた。

『そうか。御神体はこの川そのものだ。だから、川を祀れば良いのだ。だが、あまりにも大き過ぎる。そうだ。ここに生えているイタヤカエデは龍の形をしている。きっと、川の神様を現しているに違いない。よし、このイタヤカエデも一緒に祀ろう』

鐵一は祠作りをやめて鳥居を建てることにした。だが、周辺は灌木ばかりで適当な木が見つからなかった。鐵一は茂八の手を借りて手頃な楡《にれ》の木を見つけ切り出した。それを基に故郷の神社と同じ明神系の鳥居を造り、イタヤカエデの前に建てた。

するとと、これから川を渡ろうとする人や対岸から渡った人たちが鳥居を潜り、イタヤカエデに参拝をするようになった。さらに、噂を聞き付け参拝のためにやってくる人たちが増え、鳥居とイタヤカエデはちょっとした名所になった。

この頃、国内ではペリーの来航をきっかけに、開国に賛成する者と反対する者の戦いが各地で多発し、幕府の力はすっかり衰えていた。一方、トゥイ・ピラ川を行き交う荷物や旅人は増加し、鐵一は宿屋を兼ねる駅逓の管理も命じられ忙しくなった。

その間、年号は慶応から明治に変わった。

ある日、一人の男が宿を求めた。

その男は洋風の身なりで刀を持っていたが、衣服はボロボロで目をぎらつかせていた。鐵一はむさぼるように食事をする様子を見て、まるで合戦をしている者の姿だと思った。

男は食べ終わり蒲団に潜り込むと、泥のように眠った。

翌朝、朝食を平らげた男はそのまま出て行こうとした。

鐵一は呼び止めた。

「もしもし、宿代をお支払い願います」

するとヽ男は振り返って鐵一を睨みつけた。

「なぜ、そんなものを払わねばならない」

「宿泊をすれば、代金を支払って頂くのは当然です」

男は声を荒らげた。

「徳川様の御恩を忘れ、目先だけの外国の悪しき文化や物資を取り入れようとする日本は退廃の一途を辿るであろう。そこで、俺は日本人の心を失った新政府軍と箱館で戦い、それを食い止めようとしているのだ。そんな俺から銭をとるとは何事か！」

幕府が朝廷に主権を返上し、それに反対する勢力が明治政府軍と戦っているという話は鐵一の耳にも届いていた。

「すると、あなたは戦に敗れてここに逃げて来たということですね」

男の顔が歪んだ。

「逃げたのではなく捲土重来を図るため身を引いたのだ！　戦ってもいないくせに生意気なことを言うな！」

「いずれにせよ宿代をお支払いください」

鐵一の伸ばした手が男の刀に触れた。

「刀を奪おうというのか！　そうはさせるか！」

男はそう叫ぶと刀を抜き、鐵一に斬り掛かった。鐵一はその太刀をかわすと、竈の傍に置いてあった薪で次の太刀を受け、男の鳩尾を突いた。男は蹲って苦しそうに呻《うめ》いた。鐵一は男に向かって三度《みたび》代金の請求を行った。

男は諦めたように宿代を払いながら言った。

「お前、剣の心得があるな。それも、かなりの腕前だ。残念ながらかないそうもない」

そう言って頭をぺこりと下げると、言葉を続けた。

「こんなことをしておいて頼むのも変だが、これから俺を対岸まで乗せていってくれないか。もちろん、銭は払う」

その男は鐵一に連れられ船着き場に向かったが、鳥居の前で立ち止まった。

「この鳥居はお前が造ったのか？」

「そうです。川の神様を現している木を祀っています」

「この木はまるで龍のような形をしているな」

そこで、鐵一は川とイタヤカエデを祀ることになった経緯を説明した。

　すると、その間、考え込むように聞いていた男が身の上話を始めた。

「実は俺は彰義隊の生き残りだ。以前、徳川家再興のため上野で新政府軍と戦ったが、残念ながら敗れた。仲間の多くは討ち死にをし、生き残った者は捕まった。だが、そんな中を俺は逃げ延びた。そして、今回、総裁になられた榎本武揚様に従い箱館に向かった。しかし、そこでも再び新政府軍に敗れ、この地まで逃げて来たのだ」

　そう話すと、イタヤカエデを仰ぎ見た。

「俺が子供だった時、故郷の神社は遊び場になっていた。そこでは必ず参拝をしてから遊んでいた。だが、本当は信仰心などなかった。親から厳しく言われていたので、仕方なくしていただけだ」

　男は鳥居の前で頭を下げてから潜り抜けると、イタヤカエデの前に立った。

「その境内にはこれと同じような大きなイタヤカエデが生えていた。俺と遊び友達はその木を利用して『鬼ごっこ』などをして遊んだ。そんな俺が箱館で新政府軍に追い詰められ、山の中に逃げた時のことだ。仲間が次々と倒れ、一人になった俺は断崖に追い詰められた。しかも、敵はすぐそこまで迫ってきている。俺は死にたくなかったので木の裏にしがみつき、心の底から助けを願った。そして、ついに敵が目の前まで来てもう駄目だと観念した時だった。麓で銃声と大勢の人間の声が響いたと思うと、急に敵が山を降りていった。それは味方の総攻撃だった。助かった俺は大きな溜息をついて木に顔を押しつけた。その時、その木が子供の時に遊んだイタヤカエデであることに気が付いた。俺は思わず木に向かって柏手を打ち、頭を深く下げた。それは心からの感謝の祈りだった。おそらく、あれほど心の籠もった祈りをすることは二度とないだろう」

話し終えた男は昼飯の握り飯の一つをイタヤカエデの根元に供えると、柏手を打って長い間祈り続けた。

鐵一は男を渡し船に乗せた。ところが、船がトゥイ・ピラ川の半ばまで来た時のことだった。男が突然、腕に抱えていた刀を川の中に投げ込んだ。

鐵一が唖然としていると、男は呟くように言った。

「ここでイタヤカエデに出会ったのは何かの縁に違いない。さっき、俺はイタヤカエデに感謝し、今後、自分の主義主張のために人を殺傷しないと約束した。それは俺が箱館で殺されそうになった時、いかに人の命が大切なものかを実感したからだ。刀は武士の魂と言われているが、俺は人を殺傷する武器だと思っている。ここの川は神として崇め奉られている。そんな神なら俺の刀を受け止めてくれるだろう」

そう言うと、川に向かって柏手を打った。男は対岸に降り、鐵一に銭を払うと振り返ることなく北に向かった。その後、鐵一がこの男を見かけることはなかった。

それから間もなく、鐵一の元に一人の役人がやって来た。

「蝦夷地は北海道と改名され、場所制を廃止し、この辺りは石狩国札幌郡と命名された。そこで、この地に開拓使を置き、これから本格的に北海道を開拓する。その結果、ここは開拓使の土地となったのでお前は出ていくのだ」

「私は荒井様をはじめ役所の方から渡し守と駅逓を命じられています。その命令はその方々も承知しているのですか？」

「荒井たちは幕府に使われていた男だ。今や幕府は倒れ、昨年から明治政府がこの日本国を治めている。だから、お前に対する命令は効力を失っている」

役人はそう言うと、戸惑っている鐵一を尻目に立ち去った。

その後、明治政府は屯田兵と呼ばれる開拓者集団を北海道に送った。

さらに、全国各地の旧藩から多くの人々が道内各地に入植した。トゥイ・ピラ川は豊平川と名を変え、左岸の内陸に開拓使庁舎が建設された。すると、それに合わせるように庁舎周辺の道路や水路が整備され、家屋、商店、学校、寺社などが立ち並び、あっと言う間に街並みができあがった。また、豊平川の上流に沿うように道路が開削され、噴火湾にまで及んだ。これは東本願寺による工事だったので本願寺道路といわれた。

その間、豊平川は頻繁に洪水を起こしていた。しかも、そのたびに家屋が浸水し畑が冠水するので、人々はその都度、川の神に対して鎮まるように祈った。だが、いくら祈っても被害が続くので、手を合わせる人は大きく減った。そんな中、どんな洪水が来てもイタヤカエデと鳥居だけは被害がなかった。

その頃、仕事を失った鐵一は生活のため街で剣の道場を開いていた。

しかし、その間もしばしば茂八に頼んで豊平川を渡り、川の神にお参りをし続けていた。

ある日、鐵一は茂八の家に立ち寄った。

「なあ、茂八。最近、みんな街の神社や寺に行ってしまい、川の神にお参りする人たちがいなくなってしまったな」

茂八はキセルを燻らせながら答えた。

「仕方のないことでねえのか。いくら川の神様に祈っても洪水が頻発し、被害が出るだ。すると、人はどうしても別の神様に頼ってしまう。しかも、街の神社や寺は立派な建物だし、神主さんや坊さんもいるので、御利益がありそうな気がするんでねぇのか？」

「しかし、納得がいかない。信仰というのは自分たちの都合でそんなに簡単に変えてしまって良いのだろうか？」

「そもそも川の神は自然の神様だ。願いを叶えてくれるわけではない。みんな勘違いしてるんでねぇのか？」

「だが、川の神は私に対して人々と交流を持ちたいから祀れと言った。それなら、みんなの願いどおり洪水を起こさないようにしてあげれば良いのではないか？」

「自然は自然であって人間のために存在しているわけではねえだ」

「それでは交流という言葉をどう説明する」

「それはおらたちと友達になりたいという意味だ」

「それが正しいのなら私は間違っていたことになる」

鐵一は考え込んだ。

茂八の話すことは自分も思っていたことだった。確かに人々は川の神に対して願い事ばかりしている。だから、茂八の考えを肯定することは人々の願いを否定することになる。

　すると、茂八はそんな鐵一の気持ちを見抜くように言った。

「だけど、街の神社や寺に願い事をしても結果は同じだ。それに、神社の多くは実在しない神話の人物を神様にしてるだ。そんな存在しない神様に手を合わせても意味がねえ。それから、仏様は人を救うと言われているが、死にそうになった時、助けてくれと祈っても死ぬ時は死ぬだ。食べ物や金が欲しいと祈っても手に入らないだ。つまり、みんな無駄なことをしているだけだ」

「だが、すべてではあるまい。私は信仰深い武士が戦いで九死に一生を得たことを知っている。また、故郷の信濃が飢饉に襲われみんなで神に祈っていると、情け深い城主が倉の食べ物を分け与えてくれたことがある」

「それは神様の力ではねえだ。運が良いのと慈悲深い殿様がいただけだ」

「だが、みんな神に祈っている」

「もし、それが神様の力だったらみんな好きなものをたらふく食って、金持ちになって、長生きをして、幸せな人生を送っているはずだ。しかし、現実は違うだ。信仰が深かろうが浅かろうが関係はねえだ」

「すると、お前は神の存在を否定するのか？」

「いんや。神様はいるだ。間違いなくいるだ。だが、おらたちは神様の姿を自分たちの想像で作ったり、不思議な形のものとして祀り、それらを祈っているだ。つまり、自分たちの都合のいいように神様を崇めているだけだ。本当の神様というのは自然そのものであって、祈って願いが叶うというものではねえだ」

「神道では自然を崇拝の対象にしているものが数多くある。だから、お前の言っていることは理解できないこともない。しかし、仏教で信仰の対象になっているものは如来や菩薩など多くの仏だ。私たちは仏に対してずっと昔から経を唱え、手を合わせている。それはご先祖さまたちがずっと続けてきたことだ。お前の話ではこうしたご先祖さまたちの行為が無駄だと言っていることになる」

「いんや。決して無駄ではないだ。祈りは混乱した気持ちを鎮めることがあるだ。上手くいけば悟りを得ることもできるだ。だから、祈りというのは神様とのつながりというより、自分を高めるためのものだ」

　茂八はそう言うと、キセルの灰を囲炉裏の縁に叩き落として立ち上がり家を出た。一方、鐵一は茂八の考えに納得したわけではなかった。だが、真正面から反対をすることもできず考え込んだ。すると、戻ってきた茂八は鐵一の前に鴨の肉を置いた。

数年後、鐵一は船着き場の周辺に大きな橋が架けられるという噂を耳にした。

イタヤカエデと鳥居が心配になった鐵一は開拓使庁舎に赴き、その事実を確認した。

すると、役人は鐵一を見下しながら言った。

「あそこは交通の要所にも関わらず橋を架けるたびに流されている。そこで、アメリカ人のホルト氏に流されない橋の設計を依頼した。まもなく着工するが、あそこにある気持ちの悪い形をしている木と鳥居は邪魔になるので取り払う。良いな」

鐵一は抗議した。

「鳥居は川の神のお告げで建てたもので、イタヤカエデはその象徴になっています。そのおかげで渡し船は一度も事故に遭っていません。ですから、取り払うなど許されないことです」

「だからといって物流が増えている昨今、いつまでも渡しだけに頼っていては輸送効率が上がらない。そのためには洪水にも耐えることのできるしっかりした橋を架けなければならない。だから、邪魔な物を取り払うのは当然のことだ」

「そんなことをしたらバチが当たります」

「うるさい！　これは役所が決定したことだ！　お前のような輩に口を挟む権利はない！　それに、そもそもあの土地は官有地だ！　勝手に物を建てることはできないのだぞ！」

「それでは別の場所に移動させることはできませんか？」

「それはかまわん。だが、着工が近いので移動するなら早いうちに済ませろ」

鐵一は胸を撫で下ろしながら開拓使庁舎を出た。そして、そのまま豊平川に向かい河畔に座り込むと、これからのことについてじっくり考えた。


数日後、鐵一は妻と子を信濃の実家に帰した。

船着き場に茂八をはじめ知り合いを呼び寄せ、役人から聞いた話をしてから自分の考えを説明した。その後、みんなで鳥居を解体しイタヤカエデを根元から掘り起こした。それらを馬車に括り付けると、仙台藩の人々が切り開いた平岸街道を南に進み豊平川を見下ろす高台まで運んだ。その頂にイタヤカエデを植え直し、鳥居を元の姿に戻した。そして、鐵一は本願寺道路の西の先にある温泉宿に向かった。そこで一人の男に会おうとしたが、彼は旅に出ていたので会うことができなかった。

イタヤカエデの元に戻った鐵一は柏手を打った。

「川の神様。私は歳をとりました。ですから、道場は若い者に任せ、ここに住みながら神様を守ることにしました。私はここにたくさんの人たちを呼び込みます。実はこの先の山奥に温泉が湧いていて、そこに美泉《みいずみ》定山《じょうざん》という男が宿を建てています。そこで、彼を手助けしながら宿を大きくして入浴客を増やし、その人たちをここに招き入れるのです。そして、いずれは立派な神社を建ててあなたの前から去った人たちを呼び寄せます」

川の神にそう誓った鐵一は近くに簡素な家を建て、定山が帰ってくるのを待った。

そんなある日、鐵一は近くの山に山菜採りに出かけた。だが、その途中、足を滑らせ崖から落ちて亡くなった。その結果、川の神への誓いは果たされなかったばかりか、イタヤカエデと鳥居を守る者もいなくなった。

それから、数年経った。

鳥居は朽ちて倒れ藪に覆われた。だが、崖の上のイタヤカエデは天に向かって飛び立つ龍神のように聳え続けた。

三　ホオズキ

明治時代に入り、開拓使が置かれた札幌は北海道の中心地と定められた。そんな札幌には建物が林立し、道路や鉄道が整備され、人々や物資が盛んに行き交い、商取引が活発になった。また、札幌とその近郊で穀物や野菜が作付けされ、牧畜が広まり、水産業や林業の生産が伸び、鉱物資源が採掘されていった。

札幌の南側にススキの生い茂る土地があった。ここには開拓に携わる労働者たちの住処として草木で覆っただけの小屋が並んでいた。そのため、彼らを雇っている役人は火事の心配をした。万一、小屋に火が点くと、市街地に延焼するおそれがあったからだ。そこで、役人は労働者たちに現金を貸与し、家を建てるように命じた。だが、彼らはその金を遊びや酒に回し、一向に家を建てる気配がなかった。彼らに痺れを切らした役人は小屋を一方的に焼き払い、その跡に遊郭を建てた。それは開拓のための重要な労働力である彼らをつなぎ止める措置だった。

遊郭には各地から娘たちが集められたが、その多くは貧困家庭の娘だった。だが、そんな娘たちとは雰囲気の違う娘がいた。

これはその娘の話だ。


史麻は函館で三味線と唄を習っている娘だった。

史麻は十五歳になった頃、小樽の高級料亭に芸者見習いの半玉《はんぎょく》として働くことになった。

その日、史麻は料亭の使いだという男と一緒に船で小樽に向かった。波止場には家族が見送りに来てくれたが、見知らぬ土地で過ごすことに強い不安を覚え、船に乗ることを躊躇した。

その様子を見て父親が声をかけた。

「心配することはない。料亭の主とは旧知の仲だ。お前を悪くするようなことはしない」

母親もやさしい口調で続いた。

「向こうに着いたら手紙を書きなさい。すぐに返事を出すからね」

さらに、弟と妹も口々に叫んだ。

「お土産買ってきてね！」

その言葉に史麻は思わず笑った。

「旅行に行くわけじゃないのにいきなりお土産だなんて。それに、いつ帰ることができるかわからないわ」

しかし、そんな家族のおかげで少し安心して船に乗ることができた。


船には史麻以外に数人の娘たちがいた。

彼女たちも小樽のそれぞれの料亭で半玉として働くことになっていたので、すぐ仲良くなった。だが、初めての船旅は酔いに悩まされた。特に積丹《しゃこたん》半島の神威《かむい》岬沖に差し掛かると船が大きく上下した。すると、船員から女性を乗せると岬の神様が怒るからだと聞かされ史麻は生きた心地がしなかった。それでもみんなで励まし合いながら乗り切り、何とか小樽の港に到着した。ところが、男は料亭街には向かわず手宮《てみや》という所に向かった。地理がわからない史麻たちは不審に思うことなくお喋りをしながら付いて行った。男は駅に入っていったが、史麻たちはそこに停車している汽車を見て唖然とした。

初めて見る汽車は多くの車輪を持つ奇妙奇天烈な形をした鉄の荷車だった。先頭の荷車は横になった真っ黒な巨大な筒の上に煙突があり、下に幾つもの車輪が付いていた。しかも、その煙突からモクモクと煙を吹いている様は巨大な竈のように見えた。すると、突然、その竃が甲高い奇声を発した。その瞬間、史麻たちは両手で両耳を塞ぎ、その場にしゃがみ込んだ。男はそんな史麻たちを宥《なだ》めて客車に乗せた。

客車は長椅子と硝子の窓がある部屋のような巨大な四角い木の箱だった。汽車は客車を引き、平行に敷かれた二本の鉄の棒の上を黒い煙と白い蒸気を吐きながらガタガタと音をたてて走った。その速さは馬より遅かったが、史麻は巨大な竃と部屋が動いていることが不気味な上、お尻が痛くなり時々立ち上がった。

それでも外に流れる山や海の風景を見て故郷の函館を思い出した。汽車はしばらくして札幌の街に到着した。だが、史麻たちはこの頃になると、さすがに様子がおかしいことに気付いた。そこで、男に向かって質問を投げかけたが、彼は何も答えず速足でずんずん歩いた。史麻たちは不安だらけだったが、迷子になりたくないので男の後を必死に追いかけた。

しばらく歩くと、男は塀に囲まれた一角に入っていった。その狭い通りには二階建ての建物が続いていたが、それを見て史麻たちの表情が変わった。各屋敷の部屋の窓から、白粉を塗り、派手な衣装を身につけた女性が薄ら笑いを浮かべながら史麻たちを見ていたからだ。史麻は初めて見るその光景に目を見張った。

男は建物を回るたびに娘たちを一人、また一人と預けていった。ところが、史麻は未だに自分の置かれている立場が理解できずにいた。そして、自分が最後の一人になった時、一軒の店に引き取られ、そこで女中の衣装に着替えるよう命令された。史麻はその時になって初めて小樽の料亭ではなく、札幌の遊郭で働かされることを理解した。

史麻は店の主人に抗議した。

「わたしたちは小樽の料亭で半玉として働くことになっていました。それなのに、なぜ、ここに連れてこられたのでしょう？　何かの間違いだと思います」

「いや、最初からお前たちはここで働くことになっていた」

「そんなはずはありません。わたしの父と確認をとってください」

「そんなことをする理由も必要もない！　つべこべ言わずにさっさと仕事をしろ！」

史麻はとりつく島もないまま追いやられた。さらに、女将や番頭にも同じように訴えたが、結果は同じだった。しかも、逃げてもすぐ捕まり懲らしめられると脅された。見ると、廓には見張りと思われる数人の男が歩き回っていた。史麻の逃げる気は失せた。

史麻は掃除と洗濯、さらに、料理の下働きをさせられた。

しかし、慣れない仕事のため先輩に罵《ののし》られ、こきつかわれた。そこで、これまでの経緯を手紙で家族に伝えようと筆をとった。だが、手紙を外に出しに行こうとすると見張りの男に制止され、店も取り合ってくれなかった。

史麻は絶望したまま女中として朝早くから夜遅くまで働いた。そして、気付くと三味線を弾く手はアカギレだらけになり、その手で悔し涙を拭った。それでも、買い物のため廓を出ると、船で一緒だった娘たちと顔を合わせることがあった。話を聞くと、彼女たちも史麻と同じ目に遭っていることを知った。見張りがいるので長話はできなかったが、互いの境遇を語り合うことにより悲しみが和らいだ。特に、はす向かいの店の加奈とは友情が芽生え、互いに家族の元に帰りたいと嘆いては慰め合った。そのため、史麻にとって買い物は唯一の楽しみになった。

ある日、史麻はいつもより早く起きた。

特に理由はなかったが、寝ていてもなんとなく落ち着かなかったのだ。空を見ると、陽はすでに昇っているはずなのに、どんよりとした雲が低く立ち込め、夜の暗さを引き摺っているように見えた。

そんな暗がりの中で店の前を掃除していると、通りから三人の人間がやって来た。そのうちの二人は見張りの男だったが、その前をよたよた歩いているのは加奈だった。加奈が突然、前のめりになって倒れた。その加奈を見張りの男が蹴り上げた。驚いた史麻は加奈に駆け寄り、覆い被さった。

見張りが怒鳴った。

「どけ！　どかないと、お前も蹴るぞ！」

史麻は必死で訴えた。

「何があったのですか？　加奈ちゃんが何かしたのですか？　教えてください！」

「こいつは夜の闇に紛れて逃げようとした。だから、追いかけて捕まえたのさ」

と、見張りは吐き捨てるように答えた。見ると、加奈はひどく殴られたらしく、顔は腫れ、手足から出血していた。

「この娘《こ》はわたしの友だちです！　手当をさせてください！」

史麻はそう言いながら見張りの足に縋った。だが、見張りは足を振り回して史麻を振り払うと、加奈を引き擦って店の中に入っていった。

その日、史麻は加奈のことが気になって仕事が手に付かなかった。

昼下がり、にわかに加奈の店先が騒がしくなった。史麻は居ても立ってもいられなくなり店を飛び出した。見ると、店の前であの二人の見張りが筵《むしろ》のかかった台車を馬に括り付けていた。

不吉な予感がした史麻は見張りに向かって走り寄り、筵の中のものを尋ねた。

「お前の友だちさ。あれから寝床の中でずっと苦しんでいたが、おとなしくなったと思ったら死んでいた。自分で殺《や》っちまったんだな」

そう言って筵を捲《めく》ると、絶命している加奈の姿が史麻の目に飛び込んできた。その着衣は血で真っ赤に染まり、首筋には刃物による傷跡が口を開けていた。

史麻はあまりのことにその場にぺたんと座り込んだ。

そこに、騒ぎを聞きつけて店から出てきた女将が顔をしかめながら見張りたちを叱りつけた。

「なんだい、まだ運んでないのかい！　さっさとどこかに埋めておしまい！」

そう言うと、血で染まった加奈を見下ろした。

「そろそろ客をとらそうと思っていたら一銭も稼がないまま逝っちまった！　大損だわ！」

そう罵ると、加奈に唾を吐いた。

その瞬間、史麻の中で何かが爆発した。史麻はすっくと立ち上がると、女将に飛び掛かって両手で首を締めると、その勢いで後ろに倒した。そして、馬乗りになってさらに強く締め上げたが、見張りに引き離され地面に叩き付けられた。

史麻は女中部屋から遊女部屋に移された。

それは史麻が客をとることを意味していた。史麻はわけがわからないまま、毎日のように知らない客と過ごした。辛い掃除や洗濯などからは解放されたが、今度は屈辱の日々に泣くことになった。

そんなある日、一人の資産家がやって来た。資産家は史麻が気に入ったのか、たびたびやって来ては指名し身の上を尋ねるようになった。

史麻はこれまでも客から身元を尋ねられることはあったが、いつも興味本位のものだったので適当にはぐらかしていた。だが、自分のことを真摯に尋ねる資産家に史麻は心を動かされ、これまでの経緯を正直に話した。

すると、男は眉間に皺を寄せ同情したように言った。

「お前は騙されてここに連れてこられたのだ」

「すると、父がわたしを騙したというのですか？」

「いや、騙したのはお前を連れてきた男だ。おそらく、その男は料亭の人間ではなく人買いだったのだろう」

「人買い？」

「うむ。この店はその男に金を渡してお前たちを買ったのだ。だから、お前の家族や小樽の料亭は心配して捜し回っているに違いない。だが、お前がここにいることはその人買いを見つけない限りわからないだろう。それに、仮にお前を見つけてもこの店は高いカネを払っているから簡単に手放すことはないだろう」

史麻は絶望してその場に泣き崩れた。

その後も資産家は史麻を指名し続け、家族や故郷の話などにじっと耳を傾けた。史麻はそんな資産家にすっかり心を許すようになっていた。

そんなある日、資産家は史麻に告げた。

「提案がある。わしはお前に同情している。そこで、お前を引き取り家族に連絡をして故郷に返してあげようと思っている」

史麻は嬉しさのあまり資産家に縋って泣いた。

資産家は店と話をつけてお金を払い、史麻を自宅に連れ帰った。

そこは大きな屋敷で本妻以外、別邸に二人の妾がいた。彼女たちは史麻に意地悪をしたが、遊郭のことを考えると問題にするほどのことではなかった。むしろ、問題は資産家の方だった。なぜなら、態度が一変したからだ。

資産家は史麻を監禁し玩具のように弄んだ。そのため、身体中が傷と痣《あざ》だらけになった。それでも遊郭で毎日知らない男と接するよりはましだと考え、耐え忍んだ。だが、肝心の家族に連絡をとるという約束はなかなか果たされなかった。そこで、史麻は自分で手紙を出したいと訴えた。資産家はその希望を受け入れ史麻の手紙を預かった。だが、いつまで経っても家族からの手紙は送られてこなかった。

史麻は不審に思い問い質すと、資産家は怒り狂った。

「お前の手紙など破り捨てたわ！　そもそも、あんな高い金を払って引き取った獲物を手放す馬鹿がどこにいる！　誰が実家などに帰すものか！　いいか！　今後、勝手に手紙を出したら殺すぞ！　お前はわしの言うことだけを聞いていれば良いのだ！」

資産家の脅迫まがいの言葉に史麻はすっかり怯《おび》え、手紙を出すことを諦めた。そして、男の相手になる時以外はアカギレの残る手で三味線を弾きながら唄い、故郷に想いを馳せる日々を送った。


ある晴れ渡った初夏の朝、史麻は散歩をしようと思い立った。

その願いを男に訴えると、監視付きを条件に許可してくれた。

史麻は後から付けてくる使用人の目を気にしながら屋敷の周りを歩いた。すると、道端にたくさんの白い小さな花が咲いていた。それはホオズキの花だった。史麻は故郷の函館でその実を鳴らしていたことを思い出し、懐かしく見惚れた。

史麻はその日を境に毎朝、ホオズキの成長を見守るようになった。

ホオズキの花は次第に萎《しぼ》んでいった。すると、花を支えていた萼《がく》が伸び、寄り添うように一つになると緑色の袋になった。袋は大きくなると、じっと何かを待つように成長を止め、やがて鮮やかな朱に色を変えた。目を細めてその変化を見守っていた史麻は、頃合いを見て袋の一つをもぎ取った。それを愛おしく手に取ってから摘むように引き裂くと、中から艶々とした朱色の実が出てきた。

史麻はその実を見つめながら思った。

『このホオズキの実は皮を破られわたしにじっと見られている。きっと、生娘が殿方と初めて接したような気持ちになっているに違いないわ』

史麻は自分をホオズキに重ね合わせ涙ぐんだ。そこに、風が吹き、辺り一面に生えているホオズキの袋が史麻を励ますように揺れた。史麻は涙を拭って気持ちを切り換えると、その実を柔らかくなるまで指でじっくり揉み、回転させながら皮だけをゆっくり引き抜いた。そして、その皮に息を吹き込み丸い形に戻し、穴の空いている方を下唇に当て噛むように潰した。

「キュッ」

その響きは史麻の脳裏に一つの光景を蘇らせた。それは故郷函館の川岸で弟と妹の三人でホオズキの実を鳴らしている光景だった。だが、口に残る仄《ほの》かな苦みは今の自分の境遇を示しているように思え、涙が零《こぼ》れた。

こうして、史麻に楽しい日課ができた。いつも散歩をしながらホオズキを鳴らし、故郷を思い浮かべて自分を慰めたのだ。

夏が過ぎると、ホオズキはその色を黄土色に変えていった。

すると、次第に袋に網目が浮き上がり、実が透けて見えるようになった。それはまるで、朱色の玉を囲った微細な竹細工のようだった。

秋風が史麻の身体に吹きつける頃、史麻は道端に連なっているホオズキの実を丹念に集め、部屋に持ち帰った。それは長い冬を過ごす心の拠り処とするためだった。

雪が本格的に降り出した頃、史麻は体調を崩した。

医者は咳と熱が続く史麻に結核と告げた。真っ青になった資産家は史麻を札幌に隣接する平岸村真駒内の高台に建っている廃屋に追いやった。

史麻は独りぼっちになった。それは生まれて初めて味わう一人暮らしだった。食べ物や生活用品はある程度運び込まれたが、雪の中、病の身体で水を汲み、薪を集めるのは大変だった。しかも、廃屋には容赦なく隙間風や雪が吹き込み、いくら火を焚いても暖まらなかった。そのため、病は悪化していった。そのうち食べ物がなくなった。だが、こんな廃屋を訪ねる者など誰もいない。史麻は飢えや渇きを廃屋に吹き込む雪で凌ぎ、寒さは故郷や幼い頃の楽しい思い出でまぎらわせた。

そんな辛く苦しい中、史麻は荷物の中からホオズキの実を取り出した。何もない今、自分を慰めてくれるものはホオズキしかなかった。史麻はホオズキの実から皮だけを抜くと、その中に息を入れ、唇で潰した。その『キュッ』というもの悲しい音が史麻に生きていることを実感させた。ところが、口の中に残ったわずかな実が舌に触れた途端、史麻の表情が変わった。いつもの苦いホオズキとは違っておいしいのだ。朱色の観賞用ホオズキに黄色い食用のホオズキが紛れ込んでいたのだ。史麻は急いでそのホオズキを次々と口にした。甘酸っぱさが口の中に薄く広がり、史麻はいつまでもその余韻に浸った。

翌朝、壁の隙間から光が差し、雪が降り積もった屋根から水が滴る音がした。
ホオズキの実に元気をもらった史麻は、陽の光と暖かさに誘われ外に出てみることにした。丹前を着込みその上から羽織を掛けた。この羽織は遊郭で着用していたもので、資産家に引き取られた時、貰ったものだ。ホオズキと同じ鮮やかな朱色でこんな場所には不釣り合いなものだった。史麻はその羽織の袖にホオズキの実を入れると、よたよたしながら廃屋の戸を開けた。その途端、白い雪に反射する陽の光の眩しさに思わず目を覆った。だが、そこにはまぎれもなく自然の光と温かさがあった。

史麻は辺りを見回した。すると、高台の頂の方から水音が響いていた。それは自分を呼び寄せているように聞こえた。そこで、灌木が林立する雪の中を登り始めたが、病の身体で登るのは大変だった。それでも、木につかまりながら懸命に進むと、丸太の残骸が雪の中から突き出ていた。雪を払ってみると、それは鳥居のように見えた。なぜこんな所に鳥居があるのか不思議に思いながら顔を上げると、頂に奇妙な形をした木が聳えていた。雪化粧をしたその木はイタヤカエデで、まるで空に飛び立とうとする白い龍のように見えた。

その時、水の音が大きく響いた。史麻は這って頂の上に進み崖下を覗き込んだ。すると、雪と氷に覆われた豊平川が流れていた。その澪筋は途切れることなく続いていたが、波打った飛沫には小さな虹が架かっていた。

史麻はそんな景色を見ながら函館の川の思い出に浸った。

川岸で史麻と妹と弟が歓声を上げながら鬼ごっこをしていた。すると、史麻から逃げた弟が浅瀬で転んだ。史麻は助け起こすため手を延ばすと、弟がその手を思い切り引いた。史麻は思わずよろけて倒れると、妹も面白がって水に飛び込みみんなずぶ濡れになった。でも、それがこの上もなく可笑しく、みんな大声で笑った。三人は濡れた着物を木に掛けて干して乾くのを待つ間、ホオズキの実を鳴らし続けた。

そんな思いから現実に戻った史麻は懐かしさのあまり涙が零れた。その時、激しく咳き込んで血を吐き、鮮血で染まった雪の中に倒れた。

＊

私は史麻に呼びかけた。

「大丈夫ですか？　しっかりしてください」

「あなたは誰？」

「私ははるか昔からここに存在している者です。あなたは何に苦しんでいるのですか？　よろしかったらお話を聞かせてください」

「小樽の料亭の半玉になるはずだったわたしは、騙されて札幌の遊郭に売られました。そこで、下働きをさせられ、殿方に遊ばれ、逃げることも故郷の家族に手紙を出すこともできませんでした。こんな辛い思いをしながら毎日を過ごしているところに、お金持ちがわたしを家族の元に返してくれると言って救ってくれたのです。ところが、それは真っ赤な嘘で、結局、家族と連絡をとることも故郷の函館に帰ることもできませんでした。しかも、病に罹ってこんな所に一人ぼっちにされてしまいました。なぜ、こんな目に遭わないといけないのでしょう？」

「それはあなたに課せられた定めなのかもしれません。でも、それではあまりにも気の毒です。私はあなたを故郷に帰してあげる力はありませんが、その切実な思いを汲んであげることはできます」

すると、史麻は私に向かって縋り付くように叫んだ。

「故郷に帰りたい！　妹や弟と楽しく遊んだあの川岸に行きたい！　辛さや苦しみを感じることなく、ただ純粋に楽しく生きていたあの頃に戻りたい！」

＊

史麻の意識が戻った。

史麻は袖からホオズキの実を取り出すと、イタヤカエデの根元に供えて手を合わせ強く祈った。そして、朱色の羽織を脱ぎイタヤカエデに掛けると、崖の頂から豊平川に向かって身を投げた。

＊

史麻は妹と弟と三人で函館の川岸にいた。

三人は鬼ごっこをしていたが、それはいつの間にか楽しい水の掛け合いになった。三人は着物を木に干しながらいつまでもホオズキの実を鳴らし続けた。

四　農民と役人

明治時代の半ば、開拓使は廃止され三県制を経て北海道庁が設置された。札幌郡は区になり人口は四万人になった。そして、電気や電話が通じるようになると、様々な公共機関や会社が設立された。また、低温のため困難とされた稲作に成功し、北海道農業は生産力を増大させていく。

そんな明治時代の後半、豊平川の右岸に上白石という村があった。

この話はそこに住む二人の農民と一人の役人の話だ。

札幌区の南方に聳える藻岩山《もいわ》には雪が残っていた。

庄造は堰の板を外し、うねるように流れている豊平川から融雪水を水路に流し込んだ。水は水路を伝わり、畔《あぜ》で仕切られた水田に流れ込んでいくと、固くなっていた土がみるみる水に覆われ水田に命が宿った。このまま数日置いてから水と泥を攪拌すれば田植えができるようになるのだ。庄造は早くも秋の収穫に期待を寄せていた。

この辺りで稲作を手掛けているのは庄造だけだった。数年前、役所の指導で多くの畑作農家が試験的に水田を手がけたものの、寒さのためほとんど失敗に終わった。そんな中、庄造の水田は成功し、自信を得たので畑をすべて転作したのだ。ただ、そのためには今まで以上の水が必要だった。そこで、用水路を掘り、堰を作って豊平川から直接水を取った。さらに、水量が少ない時を想定して足踏み水車も設けた。

一方、庄造の家から奥まった所に義助という男の家があった。義助も水田に挑戦したが失敗し、結局、元どおり野菜と麦を作っていた。だが、畑も水がないと作物が育たない。普段は傍を流れる小川の水を利用していたが、涸《か》れることがしばしばあった。そんな時はいつも庄造の用水路から水を引かせてもらっていた。

庄造が田植えを終えた頃、数人の役人がこの地域にやって来た。

彼らは田畑や用水路を見て回り、図面に何かを書き込みながら農家を一軒一軒回った。

そのうちの一人が庄造の家にやって来た。

詰襟の制服に眼鏡をかけ、頬に不満を溜め込んだような顔の役人は威圧的だった。

「河川法という川に関する法律ができた。現在、堰から取水している水は認めるが、改修や新たに堰を設ける場合などは許可が必要になる。そこで、取水実態を知るためこの辺りを調査している。今、お前が堰を設置している場所、取水量、取水期間、水張り面積などをこの書類に記入して届け出ろ」

びくびくしながら聞いていた庄造は困惑した。なぜなら、庄造は読み書きができなかったからだ。そこで、そのことを伝えようとしたが、お上の言うことに口を挟むことができず口をパクパクするだけだった。

しかし、役人は庄造の気持ちを察することなく話を続けた。

「用水路は向こうの畑に続いているようだが、あの畑もお前のものか？」

「いえ。あれは隣の義助のものですだ」

庄造はようやく声を出した。

「畑への用水路は堰板《せきいた》で閉じられているが、実際に流すことはあるのか？」

「へえ。必要な時に流しますだ」

「必要な時とは？」

「義助の使っている川の水が足りなかったり、干上がった時ですだ」

するど、役人の眼鏡が光った。

「そんな曖昧な水の流し方は許可できん。わかったな」

「へえ！」

庄造はびくつきながら頭を下げた。

「それから、先ほども言ったとおり、現在以上に水を取ったり、取り方を変える場合には我々の許可が必要になる。もし、違反した場合には処罰される。わかったな」

「へえ！」

庄造は混乱したまま、ますます深く頭を下げた。


眼鏡の役人が消えると、庄造は義助の元に行き言われたことをそのまま伝えた。

すると、義助も同じようなことを言われたと答えてから声を潜めた。

「法律だか何だか知らんが、川の水を使うのに何でいちいちお役所の顔色を窺わなきゃならん。俺は反対だ。だから、今までどおり、いざという時は頼むぜ」

しかし、庄造はおどおどしていた。

「だけど、お役人から駄目だと言われただ。ばれたら、罰を受けるだ」

「そんなことは黙っていればわからない。それに、流すのは水が少ない時や川が涸れた時だけだから心配することはないさ」

義助はそう言って、庄造の心配を一笑に付した。

翌日、庄造は荷車に米を乗せると、読み書きのできる知人の家に向かった。

そして、昨日、役人から渡された書類に必要事項を記入してもらってからお礼に米を渡し、その足で役所に向かった。眼鏡の役人は庄造の書類を淡々と確認すると、細かい字がびっしりと記載された書類を手渡し奥に引っ込んでいった。

帰り道、庄造は役所から受け取った書類を気にしながら空の荷車を引いた。

『お役人から書類にはいろいろな決まり事が書いてあるので、きちんと読むように言われただ。でも、字の読めないおらには何が書いてあるのかわからない。きっと違反した時のことが記してあるに違いない。それを知るためにはもう一度知人の家に寄らなければならないが、迷惑そうな顔をしていたので頼み辛いだ。義助をはじめ近所の農家ではこんな面倒な手続きは地主がやってくれると言っていた。でも、おらの地主は何もしてくれない上、最近、小作料を上げると言ってきただ。自分は何もせず土地を貸しているだけなのに、何であんなに上げるんだ。まさに寄生地主だ』

ぶつぶつ文句を言っていると、自宅が見えてきた。

稲は順調に育っていた。

その間、庄造は用水路に引く水をこまめに調整していた。

『もし、違っていたら罰を受けるのだ。それはどんな罰なのか？　米を取られるのか？　罰金を取られるのか？　もしかすると百叩きされ、牢屋に入れられるかもしれない。ああ、嫌だ。嫌だ』

庄造はあの眼鏡の役人の顔を思い出すたび、背筋に悪寒が走った。

夏の盛り、雨の降らない日が続いた。

川の水位は下がり堰に流れ込む水の量が減った。陽の光が強く照りつける中、庄造は水路を見て溜息をついた。

『決められた量より少ないと怒られるだ。でも、自分でやったことではないだ。おらは決められた量を守ろうとしている。川の水が減ってるので、足踏み水車を回しても一時的にしか水量が上がらないだ。それに、何より稲への影響が心配だ』

庄造は怒られることを覚悟で役所へ相談に行った。

すると、眼鏡の役人は団扇を片手に答えた。

「届出の水の量を超えてはいけないが、少ないことはかまわない」

その言葉を聞いた途端、庄助は眼鏡の役人が慈悲深い観音様のように見え、机に額を打ち付けるほど頭を深く下げた。本当は違反した時の罰についても聞こうと思っていたのだが、その言葉だけで胸がいっぱいになり、そそくさと役所を後にした。外には強い日差しが照りつけていたが、庄造にとっては嬉しい帰り道となった。

すると、そんな庄造を義助が待ち受けていた。

「お前の水をくれ。ここ数日の日照りで俺の川がすっかり干上がった。このままでは作物が全滅だ」

そう言うと、木槌を持って立ち上がった。

庄造は固い表情で尋ねた。

「どこさ行く？」

「決まってるだろう。堰板を外すのさ」

義助は用水路に向かうと、自分の畑に通じる用水路を塞いでいる堰板を木槌で叩いて外そうとした。

それを見て庄助は抗議するように訴えた。

「義助、やめた方がいいんでねーか。お役人に見つかったら怒られるぞ」

だが、義助はためらうことなく堰板を外した。用水路の水が義助側の用水路に流れ出たが、それは弱々しかった。

「勢いがないな。この調子なら畑に着くまでみんな土に浸み込んじまう」

庄造は再び先ほどと同じ言葉を繰り返したが、義助はかまうことなく川に向かった。そして、足踏み水車の留め金を外し踏み板を上下に踏み込むと、川の水は堰に向かって勢い良く流れ込んだ。それは間もなく義助の用水路に流れ込んでいった。その間、庄造は不安な面持ちで辺りをキョロキョロ見ていた。


その夜、庄造は女房に相談した。

「豊平川からの取水はお役人から厳しく制限され、義助の用水路に流すことはできなくなっただ。それなのに、義助は自分の用水路に勝手に流しているだ。どう思う?」

女房は破れた足袋を繕《つくろ》う手を休めずに答えた。

「以前から水を流してあげてるんだから、今さら、駄目とは言えないんじゃない？」

「だが、決められたことを守らないと、おらたちが罰を受けることになるだ。人さまのために尽くして、罰を食らうなんてアホらしいだろう」

「そもそも川の水はみんなのものだわ。そんな法律を作ったからには何か理由があるんだろうけど、説明もなしにいきなり制限するのはおかしいわ」

「だが、いずれにせよ決められたことは守らないといけないだ」

「でも、そんなことを言っているお役人だって、わたしたちが作ったお米や義助さんが作った野菜や麦を食べているんでしょう？　水を取ったら駄目とか、増やすなとか、うるさいことを言ってたら作物ができなくなってお役人だって困るんじゃないかしら」

「しー。悪口を言うな。聞かれたらどうする」

「それに水を分けるといっても、たまにだからいいんじゃないの？　困った時はお互いさまでしょう」

「この前、お役人がこの辺りをうろついていたという話を聞いただ。ばれたら大変なことになるから気を付けなければいけないだ」

　庄造はそう言ってみたが、女房の言うことにも一理あると思った。

一週間後、恐れていたことが起きた。

その日、庄造は街で日用品を仕入れて帰ってきた。すると、義助の用水路に水が流れていた。義助が無断で水を引いたのだ。驚いて駆け付けた庄造は水の流れている方を見てもっと驚いた。用水路に沿って一人の男が図面を見ながらこちらに向かってきたのだ。その男は誰あろう、あの眼鏡の役人だった。庄造の背中から冷や汗がどっと噴き出た。

ほどなく庄造の目の前に立った役人は強い調子で口を開いた。

「お前が引いている水はこの水田でしか使用できないことになっている。それなのになぜ、あっちの畑に引いている？」

庄造は言葉が出ず、眼を見開いたまま口をパクパクさせた。

すると、役人は嵩にかかって責めた。

「違反した場合は罰せられると言ったはずだ」

庄造はその言葉を聞いた途端、弾かれたように駆け出した。そして、外れている堰板を水路に填《は》めて水を止めると、縋《すが》るような表情で役人を見た。だが、役人は蔑《さげす》むように庄造を見つめ続けるだけだった。その表情に身震いした庄造は必死に頭を巡らせると、何かに閃《ひらめ》いたように納屋に向かって駆け出した。そして、麻袋に一斗ほどの米を入れると、それを担いで役人の足元に置きひれ伏した。

役人はその麻袋をちらりと見ると、あらぬ方を見て言った。

「それはあとで届けるように」


その後、役人はしばしば庄造の元を訪れては違反を盾に米を要求した。

庄造はそのたびに米を届けなければならず、不満が溜まっていった。

『水を引いたのは義助だ。でも、その責任は自分にあるだ。役人には米で許してもらったが、味をしめて何度も要求してくるだ。このままではおらたちが食う米まで巻き上げられてしまうかもしれないだ。これ以上傷口を広げないためには、身体を張ってでも義助に水を引かせてはならないだ』

庄造は強い意志を持って臨むことにした。

ほどなく、その時がやって来た。

その日、庄造が水田で雑草を抜いていると、義助がやって来た。だが、義助は庄造に断ることなく用水路の堰板を木槌で叩いて外し、水を自分の用水路に流した。

背筋を伸ばしながらその様子を見ていた庄造は義助の元に向かった。そして、彼の手にあった木槌を奪い、抜かれた堰板を填めた。すると、義助は庄造を睨みながら木槌を取り上げ再び堰板を外した。だが、庄造も再び木槌を奪い、堰板を填めた。

義助は堪忍袋の緒が切れたように怒鳴った。

「何をする！　俺の畑を駄目にするつもりか！」

庄造はその気迫に押されたが踏み止まって反論した。

「この前、義助は勝手に水を流した。そこを役人に見つかっておらは危うく罰せられそうになっただ」

「だったらその役人に何かやって口止めをしろ！」

「米をやっただ」

「それならかまわないだろう！」

「駄目だ。お役人はその後何度も来るので、そのたびに米をやっている。だから、これ以上見つかったらやばいことになるだ」

すると、義助は急に冷静になった。

「いいか、庄造。良く聞け。お前は魔物にとり憑かれたのだ」

「魔物？」

「そうだ。役人という魔物だ。魔物は見逃してくれたが、その見返りとして何度も米を要求している。つまり、俺の水路に水を流さなくても米を要求し続けることになる」

「いや。今度、見つかったら百叩きされ牢屋に入れられるに違いないだ」

するといい、義助は断言した。

「それはない。だいいち、お前を捕まえたら米がもらえなくなるだろう？」

庄造は唖然とした。そのとおりだ。以前から心配していたとおり、これからずっと米を届けなければならないのだ。

義助は庄造の気持ちを見抜いたように言った。

「そして、今後、再び水を引いたところを見つかると、今よりもっと多くの米を要求されお前はもっと困る。そして、俺も水が引き辛くなるので困る。その結果、我々は生活ができなくなる」

庄造が素直に頷くと、義助は暗い目になってぼそりと言った。

「そうなると、やるしかない」

庄造は思わず目を瞬いた。

「まあ、それは任せろ。俺がすべて解決してやる」

義助はそう言うと、庄造に向かって手を伸ばした。庄造は少しためらいながらも庄造に木槌を渡した。義助は堰板を外したが、水に勢いがないと言って庄造を豊平川に誘った。二人は足踏み水車を交互に踏んで水を流し込んだ後、川岸に並んで放尿した。


その夜、庄造は暗い気持ちで布団に入った。

『あの後、義助は眼鏡役人がやって来たら自分を呼べと言っただ。でも、それからどうする気だろう。義助の〈やるしかない〉という言葉の意味は薄々わかっているが、考えたくもないだ。できれば、話し合いで何とかしたいだ。でも、話し合っても役人は米を要求し、引き下がることはないに違いないだ。むしろ、図に乗って今度は義助から野菜を要求するかもしれないだ。いずれにせよ、ただでは済まないような気がするだ』

数日後、庄造の家に眼鏡の役人がやって来た。

役人は遠回しに米を要求した。庄造はその要求を素直に受け入れてから、打ち合わせどおり義助を呼んだ。

役人の元にやって来た義助は誰かが勝手に堰と水路を造って水を取っているので現場に案内したいと訴えた。役人はその話を受け、義助の後を付いて豊平川に向かった。庄造はこれから起こる何かを強く感じ、二人から少し離れて付いていった。

義助と役人は藪の生い茂っている川岸の高みに分け入った。先導していた義助はその藪が切れた先の崖上まで来ると、そこから下を指差し、存在しない堰と水路の場所を示した。役人は崖際に這《は》い蹲《つくば》って堰を探した。その時、義助はそっと後ろに下がり、あらかじめ用意しておいた石を両手に取り上段に構えると、思い切り役人の後頭部に振り落とした。だが、役人は気を失うことなく呻きながら振り向き、苦痛に歪んだ顔を義助に向けた。義助は慌ててその顔に向かって石を何度も打ち続けた。役人の顔は潰れ、真っ赤になった肉の塊に眼鏡が埋もれた。

義助は石を川に投げ捨てると、腰が砕けたようにその場に座り込んだ。

そして、肩で息をしながら庄造に向かって命じた。

「こいつを川に落とせ！」

だが、呆然としている庄造は義助の言葉が耳に入らなかった。

そんな庄造に向かって義助は怒鳴った。

「聞こえないのか！　川に落とせと言ってるんだ！」

庄造は弾かれたように絶命している役人の元に駆け寄った。そして、両足を持ち上げると脇で支え、押し出すようにして川に落とした。昨夜の雨で増水していた豊平川は役人の身体をあっと言う間に呑み込んだ。すると、庄造はここで初めてことの重大さに気付き、突然、がくがくと震え出した。

義助はそんな庄造に向かって呻くように言った。

「いいか。わかってるな。このことは誰にも言っちゃいけねぇぞ。何、心配することはない。死体が見つかっても、誤って川に落ちたと思うさ」


その日、庄造は何も手に付かなかった。

役人が殺された時の情景が繰り返し頭の中を巡ったからだ。女房はそんな庄造を見て心配したが、その理由を話すことはできなかった。

すると、翌日、家に警官がやって来て眼鏡の役人の消息を尋ねた。庄造は真っ青になりながら首を振った。警官は機械的に家と納屋を確認すると、水田と用水路を見回りながら義助の家に向かった。そして、義助にも同じことを尋ね、同じように見回ってから別の家に向かった。

　庄造がそんな警官を不安気に見ていると、義助がやって来た。

「大丈夫だ。警官は何も知らん。この辺りを一軒一軒回って確認しているだけだ。俺たちがやったという証拠は何もないのだから堂々としていればいいさ」

　不安に苛《さいな》まれていた庄造だったが、日が経つにつれ良い方向に考えるようになった。

『今頃、あの眼鏡の役人は海まで流されているに違いないだ。仮に発見されても顔が潰れているから正体まではわからないだろう。それに、義助の言うとおり殺したのがおらたちだとは誰もわからないはずだ。それより、これから二度と脅されることも米を要求されることもないのだ。そうだ。もうビクビクすることはないだ。以前のとおり義助と仲良くやっていけばいいのだ』

　元気になった庄造は黄金色になった水田を見回った。稲は穂が膨らみ、お辞儀をするように垂れている。そんな光景に庄造は目を細めた。そこに、義助がやって来て水が必要だと訴えた。庄造は素直に頷いた。あの役人が来ない以上、以前のように気にかける必要がなかったからだ。

義助は堰板を外して水を流した。だが、量が足りなかったので足踏み水車に向かった。その間、庄造は義助にかまうことなく稲穂に目を遣っていた。

すると、突然、義助の叫び声が響いた。庄造は反射的に豊平川に向かって走った。見ると、義助が流されていた。庄造は川に飛び込み岸に引き上げたが、その顔を見てたじろいだ。義助は引きつけを起こしたように口を大きく開け、白目を剥いて死んでいたのだ。それは、恐怖を目の当たりにしたとしか思えなかった。

真っ青になった庄造はとてつもなく不吉なものを感じた。目の前で義助が変死している以上にとんでもないことが起こっているような気がしたからだ。庄造はその元凶と思われる足踏み水車に目を遣った。すると、輪板に何かが引っ掛かっていた。庄造はゆっくり水車に近付き目を凝らすと、それは綻《ほころ》んだ詰襟の制服だった。しかも、中に何かが入っているらしく膨らんでいる。庄造は震える手でその制服を剥《は》いだ。すると、その膨らみは人間の頭蓋骨で、片目の穴にレンズの壊れた眼鏡が突き刺さっていた。

その途端、この制服の持ち主を悟った庄造はすさまじい悲鳴を上げながら逃げ出したが、岩に足を挟まれ溺れ死んだ。

五　洋琴《ピアノ》

大正時代の半ば、北海道は開基五十周年を迎えた。

第一次世界大戦の影響で景気が上昇する中、札幌の街には石造りのエキゾナックな建物が建ち、馬車だった路面電車が電化され、定山渓《じょうざんけい》鉄道が開通した。さらに、政治や社会に民主的な風潮が流れ、ラジオ放送や活動写真が始まり洋食が広まった。札幌は区から市になり、豊平川の対岸にある平岸村、上白石村、豊平町の一部などが合併し、人口は十万人を超えた。洪水対策として鉄材による三連アーチの豊平橋が完成し、その優美な姿は札幌の名所の一つになった。

そんな豊平橋の傍に若い見習い職人がいた。彼は小さい時から家業の畳屋を手伝わされ、多忙を理由に学校を途中でやめさせられた。それでも、自力で国語の勉強をして小説に夢中になり、いつも父親から怒られていた。

これはそんな若者の話だ。

僕は父が出かけたことを確認すると、仕事を放り出して外出した。

ここ一週間、働き詰めだったので息抜きをしたかったのだ。あとで怒られることはわかっていたが、いつものことなので平気だった。

足は自然と豊平川に向いた。田園を抜け、水車が掛けられている小川の丸木橋を渡って堤防に上がると、目の前に豊平川が広がった。その雪融け水の流れは絶えることなく、ものの移り変わるさまを連想させる。まさに『方丈記』の世界だ。堤防を歩くと、辺りの草木は蕾や芽を吹き出し、川から吹く春風がそんな草木の葉を揺らしている。堤内を見ると、農民が稲の植え付けやリンゴの木の手入れをし、その向こうには定山渓行きの蒸気機関車が煙を吐きながら走っている。

僕は河畔に下りて寝そべった。すると、水車のギーギーストンという音に混ざり、洋琴《ピアノ》の音が聞こえてきた。そこで、再び堤防に上がってその音のする方に目を遣ると、立派な洋風の屋敷が建っていた。洋琴はそこから響いているようだった。興味を持った僕は堤防を駆け下り屋敷に向かった。その途中、明治時代の半ばに岩手県から入植した人たちが祀ったという水神《すいじん》の祠の前を通り、屋敷の横に立った。

そこは高い垣根で囲まれていた。その垣根の隙間から中を覗いてみると、部屋の一つから薄い窓掛けを通して洋琴を弾いている女性の姿が見えた。僕の胸はときめいた。だが、人の気配がしたので振り向くと、鍬を担いだ一人の農民が不審な目で見ていた。僕は慌てて走り去った。


その日を境に僕は豊平川に向かうことが多くなった。

河畔に座り、そこで彼女の弾く洋琴を聴くのだ。本当は垣根越しに彼女の姿を拝みたいのだが、農民たちがうろついているので難しかった。

今日も僕は河畔で洋琴を聴いている。青空に浮かぶ雲は彼女の奏でる調べに合わせて形を変え、そよぐ風が春の香りを加える。そこに、水車のギーギーストンという音が合いの手のように響く。時には風が強く吹き、彼女の洋琴の音を邪魔することがあった。そんな時、僕は耳に手を当てて音を探した。流れてくる曲は聴いたことのないものばかりだが、いつも僕の心を癒してくれた。そして、洋琴の音が止んでも余韻に浸ったまま微睡《まどろ》み、帰宅する途中で水神の祠に柏手を打つのが習慣になった。その参拝は彼女への恋心がさせたものに違いなかった。

ある日、僕はいつもどおり豊平川の河畔で洋琴の余韻に浸って微睡んでいた。すると、人の気配がしたので身体を起こした。その途端、僕は慌てた。なぜなら、若く清楚な女性だったからだ。

彼女は上下のつながった目にも鮮やかな薄青色の洋服を着て、街の西に聳える手稲山方面に沈む夕陽を見ていた。僕はこの女性こそあの屋敷で洋琴を弾いている人に違いないと直感し立ち上がった。すると、彼女は僕に向かって微笑み、会釈した。僕は緊張し、からくり人形のように何度も頭を下げた。そんな僕の動きが可笑しかったのか、彼女はクスッと笑った。

僕はその笑顔に舞い上がり思わず声をかけた。

「良いお天気、いや、良い夕陽ですね。あなたはいつもここに来るのですか?」

「いえ。ピアノの練習を終えて外を見ると、夕陽がとてもきれいだったので、それに誘われてやって来ただけですわ」

「もしかすると、さきほどまで聞こえていた洋琴はあなたが弾いていたのですか?」

そう尋ねると、彼女はこくっと頷いた。

僕はその仕草に例えようもない気品とこの上ない愛らしさを覚え、声を震わせた。

「あ、あれは何という曲だったのですか？」

「ショパンのマズルカですわ」

『しょっぱい？　まずい？』

僕は聞き憶えのない言葉に心の中で狼狽《うろた》えたが、努めて平静を装った。

「僕は洋琴を弾くことはできませんが、歌うことはできます」

そう言ってから巷で流行っている「コロッケの唄」を歌った。彼女は僕の歌を唖然とした表情で聞いていたが、ほどなく、口を押さえながら笑い出した。そして、その笑いは歌が終わっても止むことはなかった。


僕は彼女に惚れてしまった。

しかも、嬉しいことに彼女も僕のことを悪くは思っていないようだった。なぜなら、その日から豊平川の河畔が僕たちの語らいの場所になったからだ。

彼女は小夜という名で、この辺一帯の土地を所有している地主の娘だった。今は高等女学校に通っているが、大学にも進学する予定らしい。そして、その地主である父親は幾つかの会社を経営する資産家で、皇族とも遠い縁戚に当たるということだった。家が畳屋で尋常小学校中退の僕とは家柄も社会的地位も天と地の違いがある。だから、この逢い引きは身分不相応で許されるはずもなかった。だが、小夜は身分の違いは関係ないと言ってくれた。その一方で家族からは異性との付き合いには厳しく釘を刺されているということだった。そのため、僕たちは周りの目を気にしながら逢わなければならなかった。

そんな小夜は小さい時から洋琴を始め、茶道、書道、舞踊などの習いごとを受けたが、今は洋琴に絞り、二、三日に一度、専門の先生に教えを受けているということだった。文学にも親しんでいるのだが、残念なことに話をすると意見が合わなかった。小夜は島崎藤村や田山花袋といった真実を追求する私小説が好きだと言った。僕は武者小路実篤や有島武郎など理想を求める小説を好んだ。そのため、文学のことを話し合う時は互いに客観的な見解になるのであまり盛り上がらなかった。その代わり、僕は小夜からショパンのほか、モーツァルトやシューベルトという作曲家の曲を聴かせてもらった。そこで、僕はお返しに「コロッケの唄」のほか、「カチューシャの唄」や「ゴンドラの唄」を聴かせてあげた。コロッケで大笑いしていた小夜は、カチューシャやゴンドラではしんみりとした表情になった。

初夏、小夜の家を訪れる絶好の機会が訪れた。

家族が全員不在になる日が来るというのだ。上目遣いでそう話す小夜の視線に、僕は全身が痺れるような感覚を覚えた。

でも、ちょっと心配になり上ずった声で尋ねた。

「僕みたいな人間が訪れてもいいのかい？」

「大丈夫よ。家には使用人がいるから客間は難しいけど、一階のピアノ部屋なら外から真っ直ぐ入ることができるわ」

小夜はそう答えると、悪戯っぽく微笑んだ。


当日、僕は通行人のふりをして屋敷に近付いた。

すると、枝折戸《しおりど》から小夜が顔を出して手招きし、屋敷の裏口に呼び込んだ。そして、僕を足首の部分がない足袋のような靴に履き替えさせてから煉瓦色の絨毯が敷き詰められた長い廊下を先導すると、一つの部屋の扉を開け僕の入室を促した。だが、僕は入ることができずに扉の前で立ちすくんだ。なぜなら、そこにはまったく見たことのない世界が広がっていたからだ。

その部屋は白い天井と白い壁に覆われ床にも白い絨毯が敷き詰められ、まるで雪洞《せつどう》のようだった。さらに、洋琴、洋卓、長椅子といった調度品や絵画、絵皿などもすべて洋風だった。しかも、天井からは束ねた洋灯《ランプ》が吊り下がっていて、これが点灯したらどれだけ明るくなるか見当もつかなかった。以前、絵画で見たどこかの国の女王の部屋と似たような光景が目の前に存在していたのだ。

小夜は呆然としてなかなか入ろうとしない僕に痺れを切らせたらしい。いきなり、僕の腕を掴んで部屋の中に引き入れてから洋琴に向かった。その洋琴は学校にあるものとは違い、上から見ると鳥の片一方の羽のような曲線をしていた。

その洋琴を愛らしい薄黄色の洋服姿で弾く小夜の姿は一幅の絵画のようだった。

「これはリストの『愛の夢』という曲よ」

小夜はにっこりしてそう言うと、僕を意味ありげに見上げた。僕はその表情に友人以上のものを感じ、思わず小夜の肩に手を置いた。すると、小夜は突然、立ち上がったと思うとスタスタと部屋を出て行ってしまった。僕は頭を抱えた。

小夜は怒ったに違いない。小夜が教えてくれた〝栗鼠《りす》の藍色の夢〟の曲が自分に対する愛だと勘違いしてしまったのだ。どうしたらいいだろう？

狼狽えていると、小夜が洋風のお盆に何かを乗せて戻ってきた。

「お茶にしましょう。普段は使用人に運ばせるのですが自分で持ってきました」

小夜は花の絵が描かれた洋風の急須から同じ絵柄の取っ手のついた茶碗にほうじ茶のようなものを注いだ。僕は小夜が怒っていたわけではないことを知り、ほっとしてそのお茶を飲んだ。だが、それはほうじ茶ではなく紅茶という飲み物らしかった。僕は紅茶を飲みながら、小夜の勧めるお菓子を食べた。驚いた。こんなに甘くて、こんなにサクサクして、こんなに簡単に溶ける煎餅は食べたことがない。クッキーというお菓子らしい。

僕が夢中になって食べていると、いつの間にかガラスの器に盛られたクッキーはすべてなくなっていた。


僕は上流階級の女性とその屋敷に二人で過ごしたことに鼻高々だった。

だから、このことをみんなに話したかったが、小夜に迷惑がかかるのでできなかった。しかも、小夜との仲は思うほど進展しなかった。冷静に考えれば、小夜がこんな平民の僕を恋愛の対象にするわけがないのだ。もし、そんなことになれば家系に傷がつき、小夜は家からこっぴどく怒られるに違いない。だから、いくら背伸びをしても恋人同士になれるはずもなく、僕は自分にそうやって言い聞かせるしかなかった。

ただ、友人であることには間違いなかった。相変わらず文学上のすれ違いはあったが、好みを主張しなければ『古事記』から芥川龍之介まで小説の話題は尽きなかった。それに何より小夜と一緒にいるだけで幸せだった。一方、やはり恋人の雰囲気くらい味わいたいという自分から逃れることもできなかった。もちろん、人目に付く行動は慎まなければならなかったが、僕は思い切って小夜を街の散歩に誘ってみた。すると、小夜はちょっと考えてから頷いた。だが、自分の意に沿った散歩になるよう注文を付けた。それは目的地を活動写真と昼食に限定すると共に、僕を貸衣装屋に行かせることだった。

当日、僕は豊平橋を渡り小夜に指示された貸衣装屋に向かった。

人生初の背広と黒い革靴は窮屈だった。しかも、首に巻いた蝶形の襟締《ネクタイ》に息苦しさを覚え、上流階級や西洋人がなぜこんなものを着用するのか理解できなかった。そんな僕はぎくしゃくしながら遊楽館に向かい、正面玄関の傍で小夜を待った。

すると、一台の馬車がやって来た。馬車からは白い礼装のような洋服を身に纏った小夜が御者に手を取られながら降りてきた。

そんな小夜は御者を立ち去らせると、僕に向かってにっこりした。

「ご存じかしら？　欧米ではこういうのをデートというのよ」

僕たちは入場券を買うと左右に別れた。できれば小夜と一緒に観たかったが、席は男女別々に仕切られているので諦めるしかなかった。それでも、流暢な弁士の話に耳を傾けながら観る『不如帰《ほととぎす》』は面白かった。特に浪子役の栗島すみ子は美しく上品で、徳富蘆花の描く辛く儚い女の人生を悲しく美しく表していた。それだけに、この間だけは小夜の存在を忘れたほどだった。

遊楽館を出た僕たちは世間の目を避けるため、離れては近付き、近付いては離れながら活動写真の感想を語り合うという歩き方をした。そんな僕たちは大通り公園と創成川が交わる所にあるという食堂に向かった。すると、視線の先に豊平館が見えてきたが、そこに小夜が入って行こうとしたので僕は慌てた。ここは以前、天皇陛下が宿泊された建物だ。いくら小夜といえども容易に入館できるわけがない。だが、小夜は及び腰になっている僕の腕を引くと、そのまま館に入ってしまった。

その玄関に立った僕は圧倒された。高い天井からは巨大な洋灯が吊り下がり、白い洋風の壁と柱の床の下には厚手の高そうな絨毯が敷かれていた。小夜の洋琴部屋とは趣が違うものの、ここもまた僕の知らない格調高い世界が広がっていた。そんな空間に唖然としていると、立派な背広を着た男がやって来た。男は小夜にうやうやしくお辞儀をすると、紹介された僕に向かって同じようにお辞儀をした。僕はこんなに丁寧に挨拶されたことがなかったので米つきバッタのようにぺこぺこ頭を下げた。

男は僕たちを洋風の食卓のある部屋に誘い、椅子を引いて小夜を座らせた。さらに、僕にも同じことをしたが、どの段階で腰を下ろせば良いのかわからず中腰のままで狼狽えた。その様子を見ていた小夜は笑顔で首をすくめた。そこに白い制服を着た給仕がやって来た。給仕は水の入った硝子の湯飲みと薄い手ぬぐいのほか、何本もの金属の匙や小刀、突き匙《フォーク》を机の上に置いた。食事をするだけなのになぜこんなにたくさんの食器を出すのか不思議に思っていると、料理が出てきた。それは野菜に白い酢がかけられただけのものだった。小夜はそんな野菜を突き匙で器用に口に運んでいた。僕も真似たが上手くいかなかった。そこで、皿を持ち上げて口にかき込むと、小夜は口に手を当てクスッと笑った。僕はそんな調子で野菜を食べ終えたが、あまりにも少な過ぎるので食べた気がしなかった。小夜に尋ねると、これは仏蘭西《フランス》の料理で一品ずつ出てくるのだと答えた。案の定、小夜の言うとおり次の料理が出てきた。それは白い茶碗に入った薄黄色のお吸い物だった。僕が口を付けてズルズルと啜ると、小夜は目を丸くして小さく笑った。

その後も、得体の知れない料理が次々と出てきたが、僕を一番悩ませたのは匙などの小道具だった。小夜は料理ごとに変えていたが、僕はうまく使うことができずイライラしていた。小夜はそんな悪戦苦闘する僕を見るたび、声を出さずに笑い続けていたが、その笑いは僕に焦りを呼んだ。しまいには、大きな肉の塊が出てきた。小夜はその肉を突き匙と小刀を使って器用に切り始めた。

その一方、僕の困惑はとうとう頂点に達した。

「給仕さん！　お願いです！　箸をください！」

その途端、小夜は堰を切ったように笑い転げた。

一週間後、豊平川は雨で濁っていた。

畔《ほとり》に立った小夜は珍しく戸惑っていた。

「実はピアノの先生が東京で音楽を教えているドイツ人教授にわたしのことを話したところ、演奏を聴きたいと言ったらしいのです」

「それはすばらしいことじゃないか。是非、その独逸人の先生に洋琴を聴かせておやりよ。君ならきっと賞賛されるに違いないよ」

「先生も上手くいけば、東京どころか本場のドイツに留学できるかもしれないとおっしゃっていました。でも、正直に言うと、わたしはここを離れたくないのです」

そう言われて僕は複雑な気持ちになった。小夜が洋琴弾きとして立派になることはとても嬉しい。だが、それは小夜との別れを意味している。どちらかを取れと言われたら、僕は躊躇なく小夜がここに留まる方を選ぶ。

しかし、僕の口からは正反対の言葉が出てきた。

「でも、もったいないと思わないかい？　独逸人の先生に認められれば、君は日本だけじゃなく世界的な洋琴弾きになれるかもしれないんだよ。こんな機会は一生に一度もないかもしれない。絶対に独逸人の先生に洋琴を聴かせるべきだよ」

すると、小夜の表情に落胆の影が差したが、すぐ、冷静な表情になった。

「そうね。やはりみんな、お父様やお母様と同じように考えるわよね」

小夜は独り言のようにそう言うと、僕に向き直った。

「ありがとう。あなたのおかげで決心がついたわ」

まもなく、小夜は東京に旅立った。

僕はその間、毎日のように豊平川の傍にある水神の祠に柏手を打った。そして、小夜ができるだけ早く帰り、再び洋琴を聴かせてくれることを願った。だが、河畔に流れてくるのはいつもギーギーストンという水車の音と川のせせらぎだけだった。

僕は豊平川に語りかけた。

「小夜は東京に行かないで、ここで僕だけのために洋琴を弾いてほしかった。そして、二人でもっとたくさんいろいろなことをお喋りしたかった。それなのに、何であんなことを言ってしまったんだろう」

せせらぎが大きくなった。

「だけど、小夜には有名な洋琴弾きになってほしい。だから、これで良かったんだ」

せせらぎの調子が変わった。

「だけど、彼女はいつ帰ってくるんだろう？　寂しいよ。そうだ。彼女がいない間、君が洋琴の代わりになってくれるかい？」

僕は刻々と変化するせせらぎに耳を傾けた。

小夜が東京に行っている間、雨は降らなかった。

豊平川は細く痩せ底の土砂が露わになっていた。

そんな状態の河畔で寝ころんでいると、洋琴の音が聞こえてきた。小夜が帰ってきたのだ。

僕は思わず飛び起きた。だが、その調べは以前と違っていた。癒しの調べではなく、人の気持ちを鼓舞させる調べだったのだ。

まもなく、黒い洋服の襟に真っ赤な飾り紐を締めた小夜がやって来た。

僕たちは向き合いしっかり見つめ合った。

「ただいま。昨日の夜、東京から帰ってきました」

「おかえり。元気そうで安心したよ」

「あなたもお変わりなさそうですね」

本当は涙が出るくらい嬉しかったのだが、悟られたくないので平静を装った。

「どうだった？　独逸人の先生は君をどう評価したんだい？」

すると、小夜は顔を土砂だらけの川に向けて答えた。

「教授はこうおっしゃったわ。『あなたのブリリアントでメランコリーなタッチで奏でられる音色はファンタジーに満ちている。その豊かな才能をさらに生かして伸ばすため、できるだけ早く私のレッスンを受けた方が良い』と」

横文字は理解できなかったが、認められたことだけは確からしい。

「先生も家族も大喜びして、みんなドイツ人教授の指導を受けることを強く勧めました。ですから、わたしはその指示に従います」

僕は話を聞きながら気持ちが萎んでいった。独逸人の先生に認められたことは嬉しいが、これで小夜との別れが決定的になった。小夜はやっぱり東京に行ってしまうんだ。

だが、僕は力を振り絞って笑顔を繕った。

「良かったね。君ならきっと世界に認められるよ」

すると、小夜は陰りを見せながら言った。

「だけど、上京する本当の理由はこれなのです」

そう言うと、僕に一枚のチラシを手渡した。

「それは東京の街をお散歩していた時に受け取ったもので、女性の権利に関する講演会が開催されると記されています。わたしは興味をそそられ、空いている時間を利用して聞きにいきました。すると、それがわたしの進むべき道を定めたのです」

そう話す小夜は、今までに見せたことのない強い目になっていた。

「わたしはその講演会の中で平塚らいてうという女性の話に最も共感しました。平塚さんは女性には参政権がなく、社会に出る機会が乏しく、学業さえ制限されている。さらに、家庭では主婦業に徹しなければならず、その労働に対して何の対価も得られない。つまり、今の世の中、女性は社会でも家庭でも虐げられているのでもっと声を上げなければならないと主張したのです。わたしは自分がいかに世間知らずだったかを強く自覚し、反省しました。そこで、今後、平塚さんたちと行動を共にすることにしたのです。ですから、ピアノというのは口実で、わたしは女性運動をするため上京するのです」

小夜の口調からはこれから何かを成し遂げようとする強い信念が伝わってきた。かつて、にっこりした笑顔で音楽や文学を語った小夜はそこにいなかった。

雪がちらつく中、小夜と別れてから一度も近づくことがなかった豊平川に向かった。その途中、水神の祠に向かって柏手を打ったが、それは僕の恋の終わりを弔う儀式だった。河畔ではギーギーストンという水車の音とせせらぎの音しか聞こえない。僕は小夜から受け取ったチラシを取り出した。その中に書いてあることは理解できないこともなかったが、小夜を奪った憎いチラシだ。僕はそれを川面に浮かべた。

すると、豊平川は僕の思いを汲むように、あっという間に呑み込んでくれた。

六　サムライ部落

昭和時代に入ると、札幌市街には鉄筋コンクリート造りのデパートやホテル、公共施設などの建設が相次いだ。路面電車やバスが縦横に走っていた。

豊平川の堤防や護岸の整備が進められ、幾筋にも別れていた流れが一つにまとめられた。そして何より、大正時代の末に建造された豊平橋は画期的だった。際限なく繰り返された橋の流失が食い止められ、物資の流通や交通に支障が出ることがなくなったのだ。そんな中、国内は世界的な金融恐慌のため不況に陥っていた。倒産する会社が増加し、失業者が増え、貧困対策が叫ばれた。

一人の男がいた。彼は倒産した会社の負債を抱え、借金取りから逃げる日々を送っていた。

これはそんな男の話だ。

豊平橋右岸の袂《たもと》に貧困に喘ぐ人たちが長屋を形成していた。

そこは細民街《さいみんがい》と呼ばれ、家屋は古く汚れ、路は異臭を放っていたので住民以外の人間が立ち寄ることはなかった。そんな細民街に借金取りに追われた男が住み付いた。自分の身を隠すためだった。だが、しばらくすると、怪しい影がちらつくようになった。そこで、男は細民街を離れ豊平橋に向かったが、そこから下流の東橋までの河川敷には家が立ち並んでいた。ここはサムライ部落という、細民街にさえ住むことができない者たちが不法に住み付いている家々だった。もっとも、家といってもあり合わせの木材やトタンを組み合わせた掘っ建て小屋にすぎなかった。

男はそんな掘っ建て小屋を眺めながら自分の家を建てることを考えたが、すぐに頭を振った。なぜなら、借金取りに目を付けられた以上、一箇所に留まるのは危険だからだ。そこで、サムライ部落の傍に野宿しながら残飯を漁る生活を送ることにした。

この日、男は洋風の大きな屋敷の裏で残飯を漁っていた。

『いや、驚いた。こりゃ大変なご馳走だ。肉が丸ごと捨ててある上、五目ご飯まである。それにしてもこの家、なんぼカネ持ってんだろう。主は確か地主で幾つかの会社を持っているという資産家だ。カネというのはある所にはいくらでもあるんだな。その一部でも俺の懐に流れてくれれば、こんなことにならないで済んだのに』

食事を終えた男はサムライ部落に向かった。友人の〝笑顔〟が先日、ここに自宅を建てたのだ。笑顔はいつもニコニコしているように見えるのでそう呼ばれていた。

笑顔は男を歓迎した。

「何だ。煙草好きの〝シケモク〟か。中に入れよ」

「お、蓙《ござ》だった床に板を置いたのか。しかも、簀《す》の子で浮かせてあるから雨が降っても大丈夫だな。それに卓袱台や仏壇が置いてある。大きな仏壇だけど仏さんは誰だ？」

「違う。仏壇じゃない。棚だ」

「棚？　あ、本当だ。扉を開くと茶碗、耳かき、釘などいろいろなものが置いてある。なるほど、利用できるものは何でも利用するんだな」

「ちょうどいい。これから行きたい所があるから付き合ってくれ」

笑顔はシケモクを連れて一軒の廃屋に向かうと、戸板を外して中に入った。

シケモクはそんな廃屋を見回しながら言った。

「ここは何だ？　あ、畳がいっぱい積み重なってる。そうか。畳屋だったのか。ここから畳を頂戴しようというわけだな」

二人は畳や使い古しの日用品を荷車に積み込んで家に戻った。そして、運んできた畳を床一面に敷き詰めた。

その様子にシケモクが感激したように言った。

「おお。すっかり家らしくなった。懐かしい家庭の情景だな」

「おかげで助かったぜ。働いてくれたので賃金を支給しよう」

笑顔はそう言うと、仏壇の引き出しから様々な缶詰を取り出した。

「お、すごいな。たくさんある。サバにニシン、お、これはカニじゃないか、それに鮭もある。どこで盗んだんだ?」

「人聞き悪いことを言うな。盗んだんじゃない。拾ったんだ」

「どこで拾った?」

「この前、豊平橋を渡っていた馬車の荷物が崩れたんだ。そうしたら、積み荷が解けてバラバラと缶詰が河川敷に落ちてきた。それを片っ端から拾ったというわけさ」

「ほーら。やっぱり盗んだんだ。所有者を知ってるのに戻さなかったから窃盗だ。警察にタレ込もうかな?」

「ほー。そう来たか。それならこの話はなかったことにしよう」

「ちょっと待った。冗談だよ。冗談。羨ましかったから、からかっただけだよ。お返しに新品のゴールデンバットを三本やるよ」

笑顔は苦笑しながら煙草を受け取ると、サバの缶詰をシケモクに渡した。その時、戸を叩く音がした。

笑顔が開けると一人の老人が立っていた。

「おー。珍しい。バケツじゃないか。全然顔を見ないので死んだと思ったぜ」

その男はいつも錆びたバケツを持ち歩いていたので〝バケツ〟と呼ばれていた。

「実はこの前、行商のばあさんと故郷の話をしているうち懐かしくなってな。思わず、汽車に乗って故郷に帰ったんじゃ」

シケモクが口を挟んだ。

「汽車に乗ったって？　バケツはカネを持ってるんだな」

「いや、銭はない。誰もいないところを見はからって貨物列車に乗ったんじゃよ」

すると、笑顔が思い出したように言った。

「昔、俺もそうやって貨物列車に乗ったことがあったな。だが、運の悪いことに乗員に見つかり、吹雪の山の中で強制的に降ろされた。真っ白で右も左もわからない中、深い雪に足をとられながら何とか麓まで戻った。あの時は本当に死ぬかと思ったぜ」

シケモクが大笑いした。

「あーはっはっはっ！　馬鹿な奴だ。もし俺が貨物列車に乗る時はバケツを師匠にしよう。笑顔を師匠にしたら遭難するからな」

バケツが背嚢から一升瓶を取り出した。

「これは故郷の酒じゃ。一緒に飲もう」

「そうこなくちゃ。笑顔、さっきの缶詰を肴にしようぜ」

笑顔は仏壇からカニ缶を取り出した。だが、バケツに勧めるだけでシケモクに食べさせようとしなかった。

「俺にもカニを食わせてくれ」

「駄目だ。お前は俺を馬鹿にしたので食べさせない」

「悪かった。話の勢いで言っただけだ。そうだ。笑顔。あんたは今流行りのモボよ。あたいがモガになるから、お手てつないで仲良く大通公園をお散歩しましょう」

「よせよ。気持ち悪いから近寄るな。手を握るな！　わかったから食えよ！」

「モボさんありがとう。いただくわ。なんちゃって。あーはっはっはっ！」

数日後、シケモクは晩飯をとるため遊郭に向かった。

かつてススキノにあった遊郭は白石村へ移設されていた。

空が黒雲で覆われ遠くで雷鳴が響く中、シケモクは遊郭の裏にあるゴミ溜めに目を付けた。すると、バケツが先にゴミ溜めを漁っていた。

「どうだ。成果は」

「うどんと焼き魚。それにおでんを幾つか見つけたわい」

「なかなかのものだな。おっ、天ぷらがあった。それに刺身も。あとはご飯かあればいいのだが。うーん。見つからないな」

雨が降ってきたのでシケモクはバケツに呼びかけた。

「こりゃ、大雨になるな。バケツ。急いでどこかで雨宿りしようぜ」

二人は雨の中を豊平川に向かって駆け出すと、最も近い東橋の下に潜り込んだ。古い木造の東橋は鋼鉄の豊平橋に比べると華奢で、橋桁からは容赦なく泥水が流れ落ちてきた。そんな中、二人は身を寄せ合って眠りに就いた。

翌朝、豊平川は濁流となっていた。

しかも、東橋から下流には堤防が設けられていないので、その一帯の原野には川の水が流れ込んで湖のようになっていた。

バケツが心配そうに言った。

「増水が心配で寝れんかったわい。大丈夫じゃろうか？」

「雨は小止みになっているので心配ないさ。そうだ。このまま寝てろよ。その間、俺が朝飯を調達してくる」

シケモクは住宅街に向かったが、思うように残飯が見つからなかった。結局、手に入れたのは溶けたかりんとうと糠鰊《ぬかにしん》の切れ端、そして、数切れの沢庵だけだった。そんな朝食を持って豊平川の堤防に立ったシケモクは目を疑った。

いつの間にか河川敷が水で覆われ川のように流れていたのだ。そのため、掘っ建て小屋が次々と壊れ流され、材木やトタンが東橋の橋脚に引っ掛かっていた。

シケモクはさっきまで自分たちが寝ていた橋の下を見た。すると、橋桁の裏にバケツがしがみついていた。シケモクは慌てて橋に向かって走った。欄干を乗り越えて自分の身体を支えると、片足をいっぱいに伸ばした。

「バケツ！　俺の足に掴まれ！」

バケツはもぞもぞと橋桁の下から這い出ると、シケモクの足にしがみ付いた。シケモクは力を込めて足を持ち上げたが、なかなか引き上げることができなかった。すると、橋がミシミシ軋みだした。流れてくる材木とトタンが橋を押し流そうとしていたのだ。

身の危険を感じたシケモクは再び叫んだ。

「バケツ！　体勢を変えるから手を離してくれ！」

だが、バケツは離そうとしなかった。その間にも材木とトタンはどんどん押し寄せ、橋は一層大きな悲鳴を上げた。

「バケツ！　このままだと俺も流される！　お願いだから手を離してくれ！　離せ！　こら！　離せと言っているんだ！　わからないのか！　この野郎！　振り落としてやる！　どうだ！　よし！　今度こそ離れた！　わっ！　橋が壊れる！　逃げろ！」

その直後、東橋は崩れるように流されていった。

命からがら逃げたシケモクは腰を抜かしながら心の中で呟いた。

『バケツの奴、橋と一緒に濁流に呑み込まれていった。でも、水に呑み込まれる瞬間、ものすごい顔で俺を睨んだ。あの顔が目に焼き付いている。でも、しょうがないだろう。あのままだと俺も流されたからな。それに、俺はバケツをちゃんと助けようとしたんだ。それがたまたま上手くいかなかっただけのことだ。だから、俺は悪くない。そうだ。笑顔はどうなった？　もしかすると、家と一緒に流されたか？』

するとその心配に応えるようにびしょ濡れの笑顔が堤防を歩いて来た。

シケモクは思った。

『良かった。生きていた。だけど、バケツのことは言わないでおこう。半分は俺が殺したようなもんだからな。バツが悪い』

木の葉が落ち始めた頃、シケモクは寝場所のことを考えていた。

冬の寝床は青空天井というわけにはいかない。凍死を避けるため、ある程度温度を確保できる場所でなければならなかった。そこで、廃屋を探すことにした。真っ先に目を付けたのは、以前、笑顔と一緒に畳や日用品を取りに行った廃業した畳屋だった。だが、そこはすでに解体されていた。シケモクは落胆したが、気を取り直して適当な寝場所を川沿いに探し歩いた。

空一面、雲に覆われた夜のことだった。

家探しに疲れたシケモクは河岸の岩の陰に身を横たえぐっすり眠り込んでいたが、ふと目を覚ました。見ると風が強く吹き、流れる雲の隙間から月が顔を出していた。そんなシケモクは何となく対岸の崖の上を見た。

すると、頂の木に風に舞う羽織らしきものが引っ掛かっていた。

『何で羽織が？　誰かが上に住んでいて羽織を干しているのかな？　でも、何か変だ。そういえばあの木、龍みたいな形をしてる。まるで、夜空に向かって飛んでいこうとしているみたいだ』

翌朝、シケモクは再び崖の上を見た。

『あれ？　羽織がない。あるのは龍のような木だけだ。でも、昨日と違って俺を見下ろしているように見える。明るいせいかな？　いずれにせよ、不気味でいやな感じがする』

シケモクはその感覚を振り払うように川に向かい、腰を振りながら放尿した。

それからしばらく家探しに歩き回っているうちに、使用していないサイロを見つけた。雑草をかき分け扉を開けると、いきなり酸味臭とカビ臭さに襲われた。それでも、我慢しながら中に入った。すると、干し草と一緒に家畜用デントコーンが山積みになっていた。

シケモクは食べ物まであることを喜び、このサイロを冬の寝床にすることを決めた。

雪が降り続く日のことだった。

シケモクが拾ってきた蒲団と干し草に包まって寝ていると、笑顔が入ってきた。

「こんな夜中にどうした？」

「雪の重みで家が潰れた」

「潰れた？　この前は洪水で流され、今度は雪で潰されたのか。あーはっはっはっ！　こりゃ、傑作だ！」

「笑い事じゃない。まいったぜ。ところで、ここに寝ていいか？」

「ああ。そこの布団を使ってくれ。こんなふうに干し草で布団を覆うと意外と温かいぜ。ちなみに、ここは煉瓦造りだから雪で潰れることはない。安心して寝てくれ」

「悪いな。これは手土産だ」

「鮭トバか。いいな。よし、お返しに新品のピースを一本やろう」

「いや。深い雪の中を歩いてきてから疲れた。このまま寝かせてくれ」

「では、俺だけ一服させてもらおう」

シケモクは煙草を吸い終わると、再び眠りに就いた。

ところが、しばらくすると、焦げ臭いにおいとパチパチという音がした。

「わ！　干し草が燃えてる！　笑顔！　起きろ！　火事だ！　逃げろ！」

シケモクはサイロから飛び出すと、ほっと息をついた。だが、それも束の間のことだった。飛び出してきた笑顔が火だるまになって自分に向かって来たのだ。

「バカ！　来るな！　火が移る！」

シケモクは腰を抜かしながら逃げ回った。すると、傍の家屋から人々が飛び出し大騒ぎになった。そして、燃えている笑顔に雪をかけて火を消した。だが、絶命したらしくピクリとも動かなかった。

その様子を樹の陰から見ていたシケモクは心の中で叫んだ。

『笑顔が死んだ！　俺の寝煙草が原因だ！　いや、違う！　笑顔がここに来なければこんなことにはならなかった！　だから、悪いのは俺じゃない！　笑顔だ！　笑顔が悪いんだ！』

雪融けが進み、フキノトウが顔を見せ始めた。

シケモクはサムライ部落に家を建てることにした。それは、あの火災で笑顔が命を落としたことを考え、仮に借金取りに見つかっても命までは取られることはないと開き直ったからだ。そんなシケモクは拾い集めた材木とトタンを使って家を建てた。


ある日、残飯が手に入らなかったシケモクは市街地に向かった。

そこは創成川沿いにある二条魚町で、魚屋や八百屋などが長屋のように立ち並ぶ札幌で最も賑わう市場だった。その裏で残飯を漁っていると、少し離れた建物の前に車が止まり、身なりのしっかりした一人の男が降りてきた。シケモクはその男に心当たりがあった。その男は以前、シケモクが勤務していた会社の社長だった。そして、その会社が倒産した時のことだった。なぜか平社員だったシケモクは債務者の一人になっていたため、借金取りに追われ、その結果、路上生活者になったのだ。

シケモクはその社長を見て、債務を払い終え、新たな会社を立ち上げたのだと思った。だが、何か引っ掛かるものを感じ窓から社内を覗いた。その直後、シケモクは驚いた。社員は見憶えのある顔ばかりだったのだ。

シケモクは考えた。

『社長がこの会社を興す時、元の社員みんなに声をかけたんだ。だが、俺は行方不明になっていたので誘うことができなかった。いや、違うな。たとえ、所在がわかっても誘わなかったに違いない。何といっても、俺は会社の不正を暴こうとしたんだからな。これは何か裏があるに違いない。どれ、探ってやるか』

シケモクは裏口からこっそり社内に忍び込むと、社長室に入った。

社長はいきなり入って来たシケモクを訝《いぶか》しげに見ると、動揺を隠すことなく言った。

「誰だ？　あ……君か……なぜここに……」

社長は困惑しながらもシケモクを応接ソファに誘い、自分はその前に座った。

「久しぶりだな。元気かい」

シケモクはニヤニヤしながら答えた。

「そんな挨拶必要ありませんよ。それよりお答えください。私がいた会社が倒産し、多額の負債を抱えたというのに、なぜこんな会社を興すことができたのでしょうか？」

社長は資産家の知人の力を借り、再び会社を興したのだと説明した。

だが、シケモクは傍に置いてあった業務報告書を見ながら皮肉っぽく言った。

「なるほど、そうだったんですか。それは良かったです。でも、おかしいですね。これを見ると、会社は倒産していないじゃないですか。ただ、社名を変えただけですよね」

社長は苦虫を踏み潰したような顔になった。

「あの時、身に憶えのない負債が私にかけられていました。そして、債権者は私が逃げる先々に押しかけてきました。その結果、私はこのように身を落としました。でも、違うんでしょう？　あれは社長が仕組んだ罠だったんでしょう？」

社長はそっぽを向いた。

「私を執拗に追わせたのはあの不正経理が原因なんでしょう？　私は会社のお金が理由もなく役員に流れていることを指摘すると、会社はもみ消そうとしました。そこで、私は告発すると主張しました。そこで、困った社長はこんな手の込んだ方法を使って私を追放したんでしょう？　それは会社が倒産したように見せておけば、私が告発しないと読んだからでしょう？　ほうら、図星だ。はい、良くわかりました。今度こそ告発します」

社長はシケモクに向き直った。

「そんな証拠、どこにある？」

「ありますよ。私は何かの役に立つと思い、帳簿や会社の通帳などの原本を持ちだしていたんですよ。社長もこれらがないのでおかしいと思っていたんでしょう？」

社長は呻《うめ》くように尋ねた。

「何が欲しい？　カネか？」

「そうですね。私をこんな目に遭わせた代償として、失職していた間の給与の支給と、この会社の役員に就かせてください。そうしてもらえば関係書類はお渡しします」

「少し検討させてくれ」

「良い返事をお待ちしています。ちなみに、私はサムライ部落に小さな家を建てて住んでいます。意外と快適ですよ。あははは」

シケモクはそう言うと、意気揚々と自宅に戻った。


その夜更け、シケモクは豊平川に向かって放尿していた。

すると、いきなり後頭部を叩きつけられ、気を失って川に倒れたが、間もなく水の冷たさで意識を取り戻した。

そんなシケモクが痛む頭を抑えながら家に戻ると、中が荒らされていた。

「犯人は社長だな！　俺を殺して書類を奪おうとしたに違いない！　だが、書類は豊平橋の橋脚の隙間に隠していたんだ。よし、告発してやる！　だが、その前に服を乾かそう」

外に出ると、近くで焚き火をしている男がいた。

「すみません。火に当たらせてください。おお、暖かい。全身から湯気が出てきた」

しかし、シケモクは目の前で俯いたままボロボロの黒い服を纏っている男が気になった。

『こんな人、この辺にいたかな？　見たことがないな』

その時、大きく輝いた炎の光で、その姿を見たシケモクは驚いた。男が纏っていたのは焼け焦げた服だったのだ。すると、男が顔を上げ、焼け爛れた顔を晒した。

シケモクは驚愕の表情になった。

「笑顔！　笑顔じゃないか！　お前、生きていたのか！」

すると、笑顔の全身が火に包まれ、そのままシケモクに抱きついた。

「うわー！　火が移る！　熱い！　熱い！　助けてくれー！」

シケモクは叫びながら川に飛び込んで火を消した。

「畜生！　あちこちに火傷を負った！　くそ！　笑顔はどこにいる！」

シケモクが川の中でキョロキョロしていると、突然、誰かが足にしがみ付いた。驚いて下を見るとバケツだった。バケツはシケモクを水の中に引き摺り込もうとした。

「バケツ！　お前も生きていたのか！　やめろ！　いやだ！　放せ！」

しかし、シケモクは川に吸い込まれるように沈んでいった。

七　母子

昭和時代に入り軍靴《ぐんか》の音が響いてきた。

日本は中国に満州国を建国し世界から非難を浴びたが、耳を貸すことなく戦争への道を突き進んだ。そんな日本が中国と本格的に戦争を始めると、国家総動員法が制定され人間も物資も軍事優先になった。しかも、その火種は世界に広まり、第二次世界大戦が始まった。日本はドイツ、イタリアと同盟を結び、国は戦争一色に塗り潰されていった。

札幌もまた軍事下、若者が次々と出征していった。どの家族もそれを誇らしげに見送ったが、母親は誰もいない部屋の隅で涙を見せていた。若者は送られる一方で、帰ってくる者はあまりいなかった。見た目と違い市民の心は暗くなっていた。

ここに、反戦運動をしている若者と犬を愛する母親がいた。

これはそんな母子の話だ。


札幌郡円山町は札幌市と合併した。

そんな町の豊平川沿いに八垂別《はったりべつ》という地区があり、その一軒の二階で進平という青年が鉄筆を動かしていた。部屋では二人の青年がガリ版を刷っていたが、刷られたビラは戦争反対の文言で埋め尽くされていた。この家は反戦組織のアジトになっていたのだ。

進平は区切りの良いところで鉄筆を置き、締め切ったすりガラスの窓を少しだけ開けた。すると、昨日から降り続く雨の中、目の前の道路に数台の車がやって来た。そして、中から男たちがばらばら降りてきたと思うと、その中の一人が進平のいる家を指差した。

進平はガリ版を刷っている二人に向かって叫んだ。

「特高だ！　逃げろ！」

特高とは特別高等警察と言い、戦争をはじめ国の政策に反対する者を厳しく取り締まる組織だった。進平たちが慌てて階段を駆け下りると、特高が乱入してきた。一人はその場で捕まり、もう一人は裏口で捕まった。進平は二階に戻り、窓から飛び降りると、必死で走った。そして、豊平川に架かる吊り橋を渡り、藪をかき分け高台に駆け上った。だが、その後を特高が追い、あっという間に進平を崖の上に追い詰めた。

進平は頂に聳えているイタヤカエデにしがみついて崖下を覗き込んだ。だが、流れは激流となっていたので、飛び降りても助かるかどうかわからなかった。そこで、露出している根を伝って崖を器用に降り始めた。特高は戻ってこなければ射殺すると脅したが、進平はかまうことなく降り続けた。すると、特高の一人が銃を発射した。弾は逸れたが、その音に驚いた進平は足を滑らせて落ち、豊平川に呑み込まれた。

＊

私は進平の心に善と悪を感じていた。

そこで、浅瀬に運んでから話しかけた。

「あなたは追われていましたね。何か悪いことをしたのですか？」

「何も悪いことはしていない。むしろ、正しいことをしているのだ。この国は我欲のため戦争をしている。だが、勝っても負けても戦争は大勢の人々が死傷し、公共や個人の財産が消える。それは人間として間違っている。だから、世の中に対して戦争をしてはいけないと訴えているのだ」

「正しいことをしているのなら、なぜ、追われるのですか？」

「大日本帝国は戦争をすることが正義だと吹聴している。だから、僕のように戦争に反対する人間を片っ端から捕まえ排除しているのだ」

「訴え続けるため逃げているのですね」

「そうだ。僕と同じ考えを持っている仲間が全国に散らばっている。だから、捕まっても仲間がいる限り、僕たちの運動は続く」

「それなら、素直に捕まった方が楽なのではありませんか？」

「警察に捕まると拷問にかけられ、無理やり仲間の居所を自供させられる。そして、殺されるか終身刑を言い渡され二度と外に出られない。そんなことになるくらいなら死んだ方がましだ。そのため、できるだけ逃げ、捕まったら自殺することにしている」

「この濁流の中、普通ならあなたは亡くなっています。しかし、私はあなたを助けました。それはあなたに興味を持ったからです」

「興味を持たれても何もないよ。僕はただの反戦論者だ」

「私はこれからあなたの行く末を見守りたいと思います。よろしかったら、また、お会いしましょう」

＊

意識を取り戻した進平の周りを特高が取り囲んでいた。

犬を連れた主婦が末娘と一緒に祠の前で手を合わせていた。

主婦は司乃といい豊平橋傍の右岸に住んでいた。そして、その息子の進平は反戦論者として特高警察に捕まり、満州に送られていた。新聞やラジオは連日、戦争が有利に進んでいると報道し、さらなる国威発揚が叫ばれていた。だが、司乃にとっては戦争の勝敗より、進平が無事に帰って来るのが最も大切なことだった。司乃は進平の無事を願い、自分の命を捧げても良いとさえ考えていた。そのため、食糧難にも関わらず水神を祀っているこの祠に、野菜や穀物、時にはお菓子を供え、末娘と共に熱心に祈った。

そんな祈りを捧げた二人は愛犬のフクを連れ豊平川の堤防を散歩した。

ある日、司乃の家に回覧板が回ってきた。

そこには戦況をさらに有利に進めるため、犬や猫などを役所が買い上げるので供出せよと記されていた。

司乃はその文言に疑問を覚えた。

『以前、近所の馬が軍用馬として供出されたことがあった。だけど、犬や猫は馬のように人や荷物を運ぶことはできない。せいぜい、軍人さんたちを癒すくらいだわ。戦争の最中、癒しを求めるのはわかるけど犬や猫はどこにでもいるはず。どうも釈然としないわ。別の目的があるのかもしれない。いずれにせよフクを手放すことはできないわ』
司乃の家はその話で議論になった。司乃をはじめ、祖母や子供たちはみんなフクを差し出すことに反対した。特に、末娘はフクを連れて逃げるとまで言い張った。だが、家長の夫は、たとえ反対してもフクは役所に登録されているので遅かれ早かれ役所に連れていかれると主張した。議論は堂々巡りとなったが、結局、主人の一喝で家族はその意見に従うことになった。

豊平川に向かう司乃の足どりは重かった。

家を出る時、フクは役所の指示した袋に入るのをひどく嫌がった。その間、末娘は泣きじゃくっていた。司乃は末娘の言うとおりこのままフクと一緒にどこかに行ってしまいたかった。だが、主人が強い目で見ているのでそんなこともできず、やるせない気持ちで指定された河川敷に向かった。

すると、そこは白い幕で囲まれた場所だった。幕の入り口の前には受付らしい男が机で事務をとっていた。そよぐ風は生臭く司乃は胸騒ぎを覚えた。そんな司乃は恐る恐る受付の男の前に立った。男は事務的に司乃の住所や氏名などを聞くと、封に入った現金と引き換えにフクを渡すよう命じた。だが、司乃は渡すことができなかった。なぜなら、幕の中から棍棒を持った男と包丁を手にした男が出てきたからだ。

恐怖に駆られた司乃はフクを抱いたまま逃げようとした。だが、その時、フクが袋から飛び出し川に向かって逃げた。司乃と男たちが慌てて追いかけると、フクが川に飛び込んだ。司乃は思わず立ち止まったが、棍棒を持った男はずんずん川に入って行った。そして、フクを捕まえて岸に上がると、いきなり棍棒を振り下ろした。その瞬間、フクの甲高い鳴き声が響いた。その悲鳴に司乃は叫び声を上げながらフクの元に駆け寄ろうとしたが、受付の男に羽交い締めにされ動くことができなかった。そこに、包丁を持った男がフクに近付いていった。

泣きながら自宅に帰った司乃に心配した家族が声をかけた。だが、司乃は泣き続けるだけで何も答えることができなかった。すると、事実を察した末娘が司乃に縋《すが》って一緒に泣いた。

翌日、司乃は末娘と二人で祠に向かった。

そして、饅頭を供えてから柏手を打ち、目を瞑《つぶ》って手を合わせた。

「昨日、とても辛い出来事がありました。愛犬のフクがお国のために亡くなりました。でも、いくらお国のためとはいえこんな可哀想な形で命を捧げて良いのでしょうか？　それに、満州にいる息子の進平も生きて帰ってくるかどうかわかりません」

司乃は目を開け、暗い祠の中を覗き込むようにして訴えた。

「神様はこのことをどうお考えでしょうか？　万一、フクだけではなく進平にも何かあったらと思うと、不安でおちおち寝られません。わたしの祈りはどこまであなたに届いているのでしょうか？」

その後、司乃は末娘の手を引いて豊平川に向かい堤防の上に立った。そこでフクの冥福を祈ったが、昨日の悲惨な光景が脳裏に浮かび再び泣いた。

戦争が終わった。

すると、進平が帰ってきた。司乃の家族はみんな涙を流して喜び、赤飯を炊いて祝った。だが、肝心の進平は痩せ細り、能面のような表情のまま多くを語りたがらなかった。家族はそれを戦争による影響だと思い、あまり触れなかった。

進平は罪を許されたので、今後、警察の目を気にすることはなくなったと話した。司乃は喜びながらも何か引っ掛かるものを感じた。


翌朝、司乃は末娘の手を引いて祠に行き、昨日の赤飯を供えた。

「神様、進平が無事に帰ってきました。ありがとうございます。フクが亡くなった時はあなたのことを疑い大変申し訳ありませんでした。ただ、進平は元気がありません。戦争が原因だと思いますが、それだけではないような気がします」

司乃は感謝を捧げると共に心配事を告げると、いつもどおり末娘と一緒に豊平川の堤防でフクの冥福を祈った。


その頃、進平は遺書を書き終えていた。

それを誰もいない茶の間に置いて家を出ると、定山渓鉄道の豊平駅に向かった。そこから列車に乗り、数駅先の真駒内《まこまない》駅で降りると、その姿をじっと見据える米国人がいた。だが、進平は気にすることなく歩いて豊平川に向かい、高台を登り切ると、崖縁に聳えるイタヤカエデの根元に座った。

そして、ゆっくり流れる豊平川に向かって語りかけた。

「以前、この崖から落ちて流された時、あなたは僕を助けた。僕はここまで生き延びた。だから、これまでのことについて話そう」

川面が陽の光できらきらしていた。

「特高に捕まった僕は拷問にかけられると思い、隙があれば自殺しようと常に機会を窺った。だが、奴らは手足に縄をかけて自殺を阻止した。尋問を受けたが、意外にも厳しいものではなかった。それどころか、拷問にかけることもなく殺すこともしなかった。そして、意外なことに他の罪人と一緒に満州に送り込まれた。そうなると、僕に課せられるのは強制労働しか考えられなかった。罪人の強制労働ほど過酷なものはない。その一方、道具を使って自殺することができると思った。だが、その考えは甘かった。僕は強制労働以上の苦しみを味わうことになったのだ」

表情が苦痛で歪み、川面の光が揺れ動いた。

「陸軍の小隊に配属された僕は戦争の最前線に立たせられた。しかも、徹底的に拘束され、逃げれば射殺すると脅された。それは願ってもないことだった。戦場ではどこから弾が飛んでくるかわからない。だから、逃げれば味方からも敵からも撃たれて死ぬことができるからだ。ところが、情けないことに僕は信念より射殺されるという恐怖心が先に立ち、逃げ出すことができないまま身を震わせていた」

表情は引きつっていた。

「そんなある時、一人の兵士が僕の身体を盾替わりにしてある建物に潜り込んだ。ところが、突然、その兵士が撃たれた。唖然としていると、目の前に銃を向けながらにじり寄って来る敵がいた。僕は心臓が破裂するほど大きな恐怖に襲われた。すると、突然、意識が飛んだ。気が付くと、不思議なことに僕は二人になっていた。一人は『戦争に反対する僕』。もう一人は『戦争に邁進する僕』だった。僕の意識はその狭間で揺れ動いた」

表情が凍り付いた。

「敵は僕に迫りながら中国語で何か言った。その瞬間、僕の意識は『戦争に邁進する僕』に飛び込んだ。すると、僕は信じられないほど俊敏に落ちていた銃剣を手にすると、敵に向かって引き金を引いた。その瞬間、敵がもんどりを打って倒れた。誰よりも戦争に反対していた僕がこの手で人を撃ち殺したのだ」

そう言うと、絶望的な表情に変わった。

「駆けつけた小隊長は驚きながらも僕を褒めた。すると、さらに驚いたことに、僕は小隊長に敬礼しながらこう言ったのだ。『自分は生まれ変わりました！　今後は逃げることも自殺することもせず、粉骨砕身この身と心を祖国のために捧げ、敵を一人でも多く殺すことを誓います！　ですから、是非、自分に銃を持たせてください！』と。この時から僕の意識は『戦争に邁進する僕』に収まったまま動くことはなかった」

イタヤカエデの枝葉の間から陽が差し込んだ。それは生気を失った進平の顔をさらに白く見せた。

「その後、僕は誰よりも人を殺すことを望み、次々と手柄を立てた。その結果、僕の称号は〝反逆者〟から〝愛国者〟に変わった。ところが、終戦直前のことだった。突然、ソ連が日本との中立条約を破棄して満州に攻め込んできたのだ。日本軍は戦闘力に勝るソ連に攻め込まれ撤退を続けた。だが、僕はそんな弱腰の姿勢に疑問を覚え、上官の命令を無視して一人で立ち向かった。もちろん、たった一人で敵うわけがないのはわかっていた。だが、敵に銃口を向けなければ気が済まなかったのだ。当然、追い詰められたが、たまたま近くにいた連隊に救出された。そして、日本への引き揚げ船に乗るため大連に向かった。港には大勢の一般の避難民が群がっていて引き揚げ船がやって来ると、みんな乗船口に殺到した。だが、その船は軍人専用だった。兵士は避難民に乗らないように呼びかけたが、そんな命令を聞く者はいなかった。すると、牽制のため一人の兵士が発砲した。その瞬間、僕の目には避難民が全員敵に映った。その直後、僕の手は無意識に避難民に向かって引き金を引き続け、それは同僚に止められるまで続いた。つまり、僕は数多くの日本人まで死傷させたのだ」

そして、川に向かって深く頭を落とした。

「僕は精神に支障を来していると判断され、船内に隔離されたまま舞鶴に着いた。ところが、下船した僕たちは衝撃的な話を聞いた。それは数日前、日本が降伏していたというのだ。みんなは悔しさのあまりその場に泣き崩れた。だが、僕の心はそれ以上に深刻な事態に陥っていた。その事実を知った直後、意識が『戦争に邁進する僕』から『戦争に反対する僕』に移ったのだ。その結果、自分が行ったこれまでの数々の殺戮《さつりく》が次から次と頭の中を過ぎり、あまりの苦しみのため倒れた。それは拷問より辛く激しい苦しみで、心臓が抉《えぐ》られるようだった。僕はその苦しみから逃れるには死ぬしかないと思い、各地を彷徨《さまよ》った。だが、死ぬ勇気がどうしても出なかった。そんな時、ふと、あなたとの会話を思い出しここに戻ってきたのだ」

そんな進平は顔を覆った。

「僕はいつも戦争に強く反対し平和を訴えていた。だが、満州に送られ、目の前に銃口を突きつけられた時に変わったのだ。今、思い返すと、あの時の僕は心の底から死にたくない、殺さなければ殺されると思った。だから、撃ったのだ。だが、そのエゴは数え切れない尊い命を奪うことにつながった。果たして、『戦争に邁進する僕』と『戦争に反対する僕』のどっちが本当の僕だったのか？　考えるまでもない。『戦争に邁進する僕』が本当の僕なのだ。本当に戦争に反対しているなら勇気を持って死を選んでいたはずだ」

陽が山の端に傾いた。顔を上げた進平の顔色は人間の血を連想させる朱色になっていた。川面に映った夕陽の色は様々な色彩に変化しながらちりぢりに乱れた。

それは進平にとって豊平川が自分に与えた慰めのように思えた。

「ありがとう。最期にとてもきれいなものを見せてくれた」

進平はそう言ってイタヤカエデの上によじ登ると、川に向かって呟くように言った。

「面白いもので、僕は日本では反逆者として追われていた。ところが、今度は戦争犯罪人としてアメリカに追われている。僕はどんな立場に立っても追われる定めなのだ」

高台に人々がよじ登ってきた。それはアメリカの進駐軍だった。そのうちの一人がイタヤカエデを見上げると、進平に向かって降りるように叫んだ。だが、進平は答えの代わりに懐から拳銃を取り出し、こめかみに向かって引き金を引いた。進平は頭から真っ逆さまに豊平川に落ちた。

進平は流されながら豊平川に訴えた。

「なぜあの時、僕を助けた。あのまま流されていれば、多くの人々が死ぬことも、信念に反する生き方をすることもなかったのに」

司乃は進平の遺書を読み、青くなっていた。

そこで、家族みんなで進平を捜し回り、心当たりのある家に次々と連絡を取ったが見つけることができなかった。

翌日、警察から呼び出しがあり、主人と司乃が向かった。

すると、一冊の軍隊手帳を見せられ、豊平川で発見された遺体が所有していたものだと告げられた。二人はその手帳と遺体が進平のものであることを確認した。当初、警察は頭を銃で撃ち抜かれていたので他殺を疑ったが、司乃が持参した遺書を読んで自殺と断定した。その遺書には戦争に反対していた自分が大勢の人を殺したことへの激しい後悔と、それを死で償うことが綴られていた。

しかし、司乃は納得できなかった。戦場に送られた者は敵と戦わなければならない。だから、相手を死なせてしまうのは仕方のないことであり、そもそも、それは国が命じたことなのだ。それなのに、せっかく生きて帰ってきた進平は自分の信念に反することをしたという理由で自ら命を絶ってしまった。司乃はそんな進平が可哀想でならなかった。すると、その悲しみは悔しさと怒りに変わった。だが、それを国にぶつけようにも具体的な方法がわからない。その結果、その悔しさと怒りは神に向かった。

進平の葬儀が終わった翌日、司乃は一人で祠にやって来た。

そして、淡々と息子の死を告げると、突然、烈火の如く怒った。

「せっかく戦地から生きて帰ってきたのに進平は自殺してしまったわ！　なぜ、死なせてしまったの！　なぜ、防いでくれなかったの！　あれだけ心を込めて進平の命を守ってとお願いしたのに！　しかも、お腹が空くのを我慢していつも食べ物を供えてあげたのに！　それでは食い逃げと同じだわ！　進平と食べ物を返せ！」

そう叫ぶと、持っていたトウモロコシの粒を祠に投げ付けた。

「それに、軍人の寒さ除けのため毛皮が必要という理由でフクが殺され、皮を剥がされた！

軍人に毛皮なんか必要ないわ！　寒ければ余計に着ればいいのよ！　しかも、日本は負けた！　文字どおり犬死にだわ！　わたしはフクのあの最期の叫びを死んでも忘れない！」

そう叫ぶと、祠に縋って崩れ、いつまでも泣き続けた。

それからしばらくして顔を上げた司乃は焦点の合わない目で呟いた。

「進平もフクもかわいそう。あなた方はいったい何のために生まれてきたの？　あなた方は手間のかかることもあったけど、わたしを癒してくれた。そして、わたしはそんなあなた方を愛し、生きる支えになっていた。それを国が、戦争が、すべて奪った。もう生きていても仕方ないわ」

司乃はフラフラしながら立ち上がると、豊平川に向かった。そして、川岸からゆっくりと水の中に沈んでいった。

＊

司乃は水に浸かりながら私に訴えた。

「あなたはいったい何なの？　何のために神として祀られているの？　これでは祀られている意味がないわ」

私はそんな司乃を哀れに思い答えた。

「あなたの気持ちは私に伝わっています。ですから、あなたを友人のように感じ、交流できたことを喜び、感謝しています。しかし、私は流れているだけの存在です。私にあなた方の定めを決める力はないのです」

「そんなはずないわ！　昔からあなたに祈ると願いが叶うと言われてたし、わたしはそう教えられた！　だから、いつもあなたにお供えをして一生懸命祈り続けたのに何もしてくれなかった！　それどころかフクは殺され、進平は自殺してしまった！」

私は諭すように伝えた。

「人間の定めは生まれた時から決められていますが、変えることもできるのです。でも、それは心の持ち方と努力次第です。私の言葉の意味を改めて考え直してください。私はあなた方と同じなのです。ただ、見た目や命の形が違うだけなのです」

＊

司乃の首まで来ていた水が歩みと共に少しずつ下がり出した。彼女は流されることなく対岸に辿り着くと、がっくりと座り込み涙にくれた。

そこに、母親を捜していた末娘が駆け寄った。

八　遡上

戦後、出征していた若者たちが戻ってきた。

日本は明るさを取り戻し始め、朝鮮戦争による軍需景気やオリンピック景気で活気付いた。

札幌にはビルや住宅が次々と建ち並び、千歳空港の開港や車の増加などにより交通量が飛躍的に増えた。上下水道や道路が整備され、地下鉄が開通し、豊平川に架かる橋の改築や新築が相次いだ。さらに、冬季オリンピックや雪祭りの開催により国際的な観光都市になった。また、隣接の町との合併が続き、人口は百万人を突破した。

その一方、豊平川は汚れていった。家庭や工場の排水が流れ込み、自分で浄化できる限界を超え、冬の氷の切り出しや水泳をしていた人たちが消えた。河床や河岸はブロックが敷かれ、堤防はコンクリートで固められた。さらに、上流には水道、電気、洪水調節のためのダムが築造された。

その結果、昔は川を埋め尽くすほどにいた鮭が消え、わずかにウグイやドジョウなどが泳ぐだけになった。しかも、アシやヒシなどの植物や水生昆虫までが激減した。

私は水を流すだけの水路になった。

＊

私は何のために存在しているのだろう？　計画的に水を流し、洪水を起こさなければそれで良いのだろうか？　身体がコンクリートで固められ窒息しそうだ。すると、人間たちの間で自然環境を取り戻す運動が起こった。それは世論を喚起し、世界中に広まった。各国で汚れた空気、海、河川をきれいにする対策が練られ、少しずつその成果が現れた。私の中に流れ込んでいた排水は規制され、汚れに歯止めがかかった。そして、河川敷にはジョギングコース、野球場、テニスコートなどが整備され、私は水道や電気などの人間生活のためだけではなく、人々の憩いのような存在になった。さらに、鮭を呼び戻す運動が始まり、稚魚が放流され鮭が上るようになった。水はきれいになり魚たちや植物や虫たちが戻り、私の心は少し落ち着いた。

秋の気配を感じる頃、私を遡上しようとする一匹の雄の鮭がいた。

これはそんな彼の話だ。

彼は豊平川の本流になる石狩川を目の前にしていた。

石狩川は降り続いている雨のため泥水を海に吐き出し続けている。彼はそんな河口に泳ぎ着くと、汽水で身体を慣らした。仲間たちも自分のコンディション作りに集中している。

「よし、そろそろいいだろう」

彼はドキドキしながら懐かしい匂いのする石狩川を上り始めた。その匂いは泳ぎ進むたび強くなり、まもなく、生まれ故郷の豊平川に入った。彼は全身で豊平川を感じながら、生まれてから海に出た頃のことを思い浮かべた。


――気付いた時は川底の砂利の中にいた。そこから水中に出て下流に向かうと、お腹に付いていた栄養の袋が少しずつ小さくなり、次第に消えていった。その後、虫の幼虫を口にしながら兄弟姉妹たちと共に豊平川を下り、石狩川の河口に泳ぎ着いた。すると、その先には壮大な海が待ち受けていた。その時の興奮は忘れられない。巨大な魚や不思議な形の生き物に追われ必死に逃げ回った。その一方、おいしそうな小魚やエビなどを見つけてはがつがつ食べた。小さい生き物だと思って襲いかかると、逆に毒を見舞われ悶絶したこともあった。海の中は恐怖と驚きの連続だった。数年後、北太平洋を回遊していた自分の中に生まれ故郷に帰って子孫を残さねばならないという思いが芽生えた。それは日々強くなり、ついに豊平川に向かって旅立ったのだ――。


思い出に浸っていた彼は頭を振ると、気を引き締めるように叫んだ。

「よし！　これからすてきな彼女を見つけて結婚するぞ！」

そんな彼に私は声をかけた。

「すっかり逞しくなって戻ってきましたね」

「あ、挨拶が遅れました。ただいま帰りました」

「ここから先は鮭としてのあなたが集大成を迎える場面です」

「はい、わかっています」

「今日は水の量が多くて流れは強いけど、それが幸運につながるかもしれません」

彼にはその意味が理解できないようだった。だが、私はかまわずに続けた。

「自分が生かされている意味を考えてしっかり上ってください。それが、あなたたち鮭族の子孫や自然のためになるのです」

「はい！　ちゃんと結婚して子供を産ませ、将来、一匹でも多くここに帰してみせます！」

彼はそう宣言すると、婚姻色の身体をうねらせ上流に向かった。

上り始めて間もなく一か所にじっとしている仲間の雄鮭がいた。

「君はそこで何をしているの？　上らなくていいのかい？」

仲間は憂鬱そうに答えた。

「俺たちは辛い思いをしながらボロボロになっても上り続けなければならない。それなのに、彼女を見つけて結婚したらすぐ死んでしまうんだ」

「でも、そうやって子孫を残すのが僕たちの役目だよ」

「そんな役目、誰が決めた？」

「誰が決めたというより定めさ。子孫を残すことが僕たち鮭一族を未来に残すことになるし、この川や自然の役に立つんだ」

「どう、役に立つんだ？」

彼は返答に窮した。今の話は他の魚たちや豊平川の受け売りだったからだ。

「その定めとやらに従っても従わなくても俺たちは死んだらおしまいだ。一度だけの命なんだから、自分の好きなように生きるべきだ」

「僕はそう思わない。みんなが君みたいな考え方をすると、僕たちは絶滅してしまう」

「お前はお前の考えで行動すればいい。俺は上らない」

仲間の雄鮭はそう言うと、どこかに泳ぎ去って行った。


次第に雨が上り、陽が差した。

すると、川岸の大きなポプラが話しかけてきた。

「おお。立派になって良く戻ってきたのう。わしは待っていたぞ」

「はい。無事に帰ってきました」

「じゃが、帰ってくる者はほんの一握りじゃ。ほとんどの者は途中で他の魚に食べられたり死んだりしているからな」

「そういえば海に出たばかりの頃、仲間たちが大きな魚に食べられているのを見てパニックになったことがありました」

「そうじゃろうな。無事に帰ってくる者は四、五パーセントくらいしかおらんからの」

「えー！　そんなに少ないんですか！」

「しかも、人間たちはそんなお前たちを片っ端から捕まえる。じゃが、幸いなことにお前たちを人工的に孵化させ、ある程度成長したところで川に放流しておる。じゃから、これからどんどん数が増えていくことじゃろう」

「人間がそれだけ積極的に育てるほど僕たちは数が少ないんですか？」

「一世紀ほど前、この川はお前さん方で埋め尽くされておった。じゃが、この辺に人間が住み付き街が現れて大きくなるに従い、逆にお前たちは減り続け、ついにはほとんどいなくなってしまった」

「なぜですか？」

ポプラは幹に皺を寄せた。

「家庭や工場の排水を流し続けて水が汚れてしまったからじゃ。しかも、人間は自分たちの生活を守るため川をコンクリートで固め、堤防を設置しダムを造った。それは洪水を防ぎ、飲料水や電気を確保し、生活を便利にさせた。じゃが、その一方で、お前たち鮭など様々な生き物や植物を大きく減らしてしまったのじゃ」

「今はどうなっているのですか？」

「減ったまま戻っておらん。人間は自分たちの失敗に気付き、排水を浄化するなど川を汚さないように務めた。じゃが、川への人工物の設置は人間にとって正当な行為かもしれぬが、川やお前たちなどにとっては不自然なものじゃ。そもそも、人間は自分たちも自然の一部だということを自覚していない。そんな人間はいずれしっぺ返しを食らうじゃろう」

「しっぺ返し？」

「そうじゃ。たとえば、自動車や工場などが出す二酸化炭素が地球を温室のように暖め世界中の氷を溶かしておる。また、フロンガスがオゾン層を破壊し、有害な紫外線が大量に降り注いでおる。さらに、計画を立てずに木を伐採したため世界中の川や湖が干上がっておる。人間は自分で自分の首を絞めていることを自覚していないのじゃ」

「そんなに大変なことが起きているのですか？」

「今は大きな話題にはなっておらぬが、近い将来、人間界の中で必ず問題になってくるはずじゃ。この大地の環境は海や動植物などと共に、ぎりぎりのバランスで成り立っておる。それはとても繊細で、何かが一つでも崩れると、連鎖反応でみんな崩れてしまうのじゃよ」

彼は勉強になったとポプラに礼を言い別れた。

川沿いに人家が並び始めた。

公園や球場などが設置された河川敷に散歩をしている人間が見られるようになり、彼はそんな川岸の淀みでひと休みした。

すると、タモを構えた子供がやって来た。

「お魚さん。これから捕まえるからじっとしててね」

「君に捕まる理由はないよ」

「でも、あなたは僕たちに食べられるためここに来たんでしょう？」

「違うよ。子孫を残すために海から帰ってきたんだよ」

「僕のお家ではいつもお魚を食べてるよ。ママがあなたたちを煮たり焼いたりして、それを僕たちが食べるんだよ」

「冗談じゃない。僕はそんな目には遭いたくないよ」

「でも、あなただってたくさんのお魚を食べて大きくなったんでしょう？　だから、僕もあなたを食べて大きくなるんだよ」

子供はそう言ってタモを振りかざしたので、彼は身を翻して逃げ去った。

そんな子供から遠く離れた彼はほっと一息ついた。

ところが、その近くで戦っている二匹の魚がいた。それは同じ鮭仲間と見たことのない歯の鋭い魚との戦いだった。それを見て彼は尾鰭がすくんだ。なぜなら、歯の鋭い魚がはるかに身体の大きい自分の仲間を引きちぎっていたからだ。彼は上流に向かって一目散に逃げると、岩陰に身を隠した。

するると、真上から声がした。

「君は鮭だ。この川で生まれて海で育ち結婚するために戻ってきたんだ」

その声は亀だった。亀は陽の光で暖められた岩の上から彼を興味深そうに見ていた。

「うん。そうだけど、そう言う君はここで暮らしているの？」

「以前は人間に飼われていたけど、大きくなって飼うのが大変になったと言われここに捨てられたのさ」

「それはひどいね。それなら最初から飼わなければいいんだ」

「僕みたいな生き物は他にもたくさんいるよ。人間は僕たちが邪魔になると、平気で捨てるのさ」

「そういえば、さっき歯の鋭い見たことのない魚が僕の仲間を襲っていたよ。身体は小さいのに歯がとても鋭くてどう猛で、僕たちが棲む世界にいる魚とは違う存在に見えた。もしかすると、あの魚も人間に捨てられたのかな？」

「ああ。あれはピラニアという南の国に棲んでいる魚さ。それに、ウチダザリガニやブラックバスという本来は違う国の生き物もこの川には棲んでいるよ」

「ということは、豊平川には元々棲んでいないはずの生き物たちがいろいろいるんだね」

「そうさ。ピラニアなんかは水温が低いから生きていくのは難しいかもしれないけど、環境が変わっても順応できる生き物はたくさんいる。そうなると、生態系が破壊され、将来、君たち鮭一族にも影響が及ぶかもしれないね」

「そういえば、ポプラさんも同じようなことを言っていたよ」

「この川に関わっているみんなは同じように思っているさ。思っていないのは人間だけだよ。人間は自然の意味を理解していないのさ」

　亀はそう言うとうつらうつらし、ほどなく岩の上で寝込んだ。

　間もなく、彼の泳ぎに並ぶようにカモメが飛んできた。

「今日は上流に上ることができる絶好のチャンスだぞ」

「そういえば、豊平川さんも同じようなことを言ってたよ。だけど、どういう意味なんだろう？」

「この先には川の浸食を防ぐ床止《とこど》めというコンクリートの斜面があって、上るのがとても難しいんだ。だけど、今は昨日からの雨で水嵩が増して床止めが水で覆われているので、上ることができるんだぞ」

「それなら、普段はみんなどこで結婚しているの？」

「床止めは豊平橋の辺りから上流に向かって断続的に続いている。だから、みんな豊平橋の下流で結婚しているんだ」

「それはおかしいよ。だって、僕が産まれた所はそこよりもっと上流なんだ」

「君のお父さんとお母さんは今日と同じように水嵩が増している時に上ったんだ。だから、君は上流で産まれたのさ」

「そうか。そういうことだったのか」

「でも最近になって人間は君たちがスムーズに上ることができるように、魚道《ぎょどう》という通り道を作る計画を立てたんだ。そうすれば、川が増水しなくても上ることができるようになるんだぞ」

「へー。人間も少しは考えているんだ。それならますます頑張らなくちゃ。カモメさん、ありがとう」

彼はカモメが教えてくれた床止めを目指して上った。

ほどなく、コンクリートで固められた傾斜があった。彼は尾鰭を強く振って最初の床止めを抜けると、豊平橋の橋脚で一息ついた。

すると、豊平橋が話しかけてきた。

「良い調子だな。頑張れ。お前の産まれた所はもっと先だ」

「ありがとうございます。そういえば、あなたは僕たちが海に下る時も声をかけてくれましたね」

「そうだ。君たちを励ますのは先祖代々の習慣になっている」

「そんなに昔からここにいるのですか？」

「初代は百年以上前、この地に開拓使が置かれた頃に架けられた。私はそこから数えて三十代を超える」

「へー。ということは、それだけたくさん架け替えられたということですね」

「そうだ。多くのご先祖様は川が増水するたびに流された。そのため、人間は構造的にしっかりとしたものを架けようとしてアメリカや国内の専門家に設計を依頼した。しかし、増水した時の豊平川の力は凄まじく、いくら頑丈に設計されてもすぐに流されてしまうのじゃ。そこで、人間は橋より川そのものに手を入れるべきではないかと考え、堤防を整備しながら幾筋にも分かれておった豊平川の流れを一つにまとめた。その最中に架けられたのが先代だ。先代はおよそ四十年間、流されることなく橋として立派にその役割を果たした。だが、何といってもその姿が美しかった。鉄のアーチと城門のような尖塔、そして、御影石の橋脚という優美な姿を川に映していた。そのため、旭川の旭橋、釧路の幣舞《ぬさまい》橋と共に北海道三大橋といわれたほどだった」

「それは一度、見てみたかったたなぁ」

「しかし、流されなくても橋としての使命は終わった。なぜなら、増加する交通量に対応できなくなったからだ。そこで、新たに架けられたのがこの私だ。私は先代より幅が広く車社会に対応できるようになった。だが、優美さより機能を重視した結果、先代と比べると、何ともつまらない姿になってしまった。見た目なら幌平《ほろひら》橋やミュンヘン大橋などの方が良い」

そう言いながら豊平橋は溜息をついたが、すぐに気を取り直した。

「しかし、ここ数十年の間、さらに交通量が増加したので豊平川にはたくさんの橋仲間ができた。みんなその役割を充分に果たしてくれている。私にはそれが嬉しい」

と、明るく言った。

彼は泳ぎながら今までの話を反芻した。

みんなが自分の知らないことを教えてくれることは有り難い。だが、せっかく得た知識も、まもなく死ぬ自分にとっては何の役にも立たない。だから、今までの話は自分ではなく、人間が聞いた方がいいのではないだろうか。

そんなことを考えていると、川が濁ってきた。その濁りはひどくなり、ついに泥の臭いしかしなくなった。すると、地響きと機械的な音がして流れが揺れた。

それは護岸工事だった。重機の稼働で泥水が流れ出していたのだ。彼は激しく咳き込み、流れてきた無数の小石に当たって傷だらけになった。それでもようやく視界が開け、先が見えるようになった。すると、いきなり目の前に雌が現われた。雌は彼に寄り添うと尾鰭で砂利を掘り始めた。突然のことだったが、彼は結婚ができると有頂天になった。その雌が卵を産み始めた。彼は慌てて彼女に寄り添うように踏ん張った。ところが、そこに一匹の雄が猛然と彼の背中に激しく噛みついた。彼は必死に振りほどいてジャンプしながら逃げると、その勢いで目の前に流れ込んでいる支流に上った。彼はこの支流が自分の上るべき川ではないことはわかっていた。だが、彼の鼻は小石が当たって利かなくなっていたので、上ることしかできなかったのだ。

支流はやがて土と藻に覆われた。そして、気が付くと人間の手が入っていない小さな流れになっていた。彼はキョロキョロしながら上ると、岸辺で休んでいる雌のエゾサンショウウオと目が合った。

彼女は驚いて叫んだ。

「あら！　珍しい！　こんなところに鮭がやって来た！」

彼は傷ついた背鰭を水面から出しながら言い訳をした。

「結婚しようとしたら仲間に襲われ、無我夢中で逃げたらここに迷い込んだのさ」

「でも、ここはあなたの故郷ではないわ」

「わかっているけど、上ることを抑えることができないんだよ」

「川を上って子孫を残すという本能ね。わたしも子孫を残すけど、あなたのように海を旅することはないわ。だって、この辺りだけがわたしたちの世界なんですもの」

「それなら異性を捜すことはないの？」

「雄はたくさんいるわ。だから、こうなったの」

そう言うと、たくさんの子供たちが湧くように出てきて彼を興味深そうに眺めた。

「それはいいね。でも、君たちはこんな所にずっと住んでいて窮屈じゃないの？」

「そんなこと全然ないわ。ここには人間の手が入っていないから安心できるし、食べ物にも住む所にも子育てにも困らないわ」

「わかったよ。ありがとう。僕は何とかして元の川に戻る」

とは言ったものの、気持ちとは裏腹にさらに上った。そんな彼は異変を覚えていた。身体が気怠《けだる》く、呼吸が早くなっていたのだ。さらに、呼吸は荒くなり嗅覚も方向の感覚も麻痺していた。それは傷ついた身体に雑菌が侵入したことが原因だった。彼は必死で上流を目指した。こんな場所には雌どころか仲間一匹いないことはわかっていた。だが、本能がひたすら上流に向かわせたのだ。流れはますます浅くなり、地面が剥きだしになる中、彼の身体中の鰭はちぎれ、先に進むこともかなわず、のたうち回るだけになった。

そこに熊がやって来た。熊は彼を見つけると、両手で押さえつけて頭を食いちぎって皮を剥ぎ、バリバリと音を立てて食べてから立ち去った。その跡には頭と皮のない彼が横たわっていた。そこに鳥たちが飛んで来た。鳥たちも彼の身体を啄《ついば》み、さらに、虫たちが群がった。

まもなく、雨が降ってきた。それは次第に激しくなり、彼の身体を遡ってきた川に押し流した。

　彼は無残な姿のまま流されたが思いだけは残っていた。

「僕は豊平川で生まれて海に下り、何年もかけて育った後、子孫を残すため再び川に戻ってきた。それなのにこんなことになってしまった」

　彼の身体は岩の間に挟まった。

「僕は子孫を残すことができず、自然に対しても何の役にも立たなかった。僕は何のために生まれてきたんだろう？」

　私はその疑問に答えた。

「あなたは自分の身体を様々な生き物たちに食べ物として提供しました。たとえ、食べられなくても川辺の草木や藻に栄養として吸収されるのです。決して、意味もなくこの世に生まれてきたわけではありません」

　すると、彼の元に小魚、蟹、水生昆虫が集まり、彼の残りの身体を食べ尽くした。骨だけになった彼は、安心したように流されていった。

九　介護

昭和時代から平成時代にかけ札幌の人口は百五十万人を超えた。

昭和の終わりに落ち込んだ景気は平成に入り回復したが、それはバブルだった。再び悪化した景気により大手銀行などの倒産が続いた。その一方、地下鉄延伸や新路線の開通や商業施設等の建設のほか新たなミニＦＭ局などが次々と開局した。

そんな中、行政は増加する高齢者のためサービスの向上に取り組み始めた。

これはそんな時代の一人の老人の話だ。


牧本義和は軽い認知症と診断された。

義和はショックを受けたが、気持ちを切り替え、投薬と運動のほか、計算・読み書きのドリルなどで病気の進行を抑えることにした。

義和の家族は妻の実稚恵《みちえ》、息子夫婦の太一と理佐子、孫娘の麻弥の五人だった。息子夫婦とは以前から反りが合わなかった。二人との間は実稚恵と麻弥が仲介していた。ところが、義和の介護をしていた実稚恵が急死した。その結果、太一と麻弥は会社通勤をしていることから、理佐子が実稚恵の役割を果たすことになった。

義和は理佐子の運転する車で病院に向かった。

それは認知症の定期診察のためだった。義和は理佐子に気を使い、当たり障りのないことを話しかけたが、理佐子はぶっきらぼうな態度をとっているため雰囲気は悪く、義和は針の筵に座っているような思いをした。病院では医者から意外と症状が進行していないと告げられた。だが、新たなサプリメントの服用を紹介されると、理佐子は金銭的負担が増えると医者に文句を言った。そんな重苦しい状態で帰宅した義和は疲労を覚え、布団に潜り込んだ。

義和は散歩と自室に籠る時間が増えた。

太一と麻弥が仕事に出ている間は理佐子と二人だけになるので、できるだけ自分の時間を作ることにしたのだ。ところが、散歩すると食事の時間に遅れることがしばしばあり、理佐子から怒られた。日常のことは憶え辛くても、怒られたことは心に残ったので散歩時間を延ばした。すると、ますます食事の時間に遅れ一層強く怒られた。義和は散歩にはめったに出なくなり、自室に籠るようになった。そして、ドリルどころか何もすることができなくなり、ぼんやりするだけの日々が続いた。

麻弥はそんな義和を見て、理佐子による病院への送り迎えは辞めるべきだと思った。最近の義和は物事の認識が一層鈍くなった上に話が通じないなど、症状の進行が目立っていたからだ。そんな状況で車に乗せると理佐子の不満がさらに膨らみ、義和の症状が一段と進むと考えたのだ。そこで、両親と協議し、病院の送迎をデイサービスに頼んだ。理佐子はまたお金がかかると文句を言ったが、負担から解放されるため同意した。

義和はデイサービスの車で病院に通うようになった。

だが、半年後の検査結果では認知機能が大きく落ちていた。

帰りの車で義和はヘルパーに尋ねた。

「この車はどこに向かっているのですか？」

「牧本さんのお家ですよ」

「私は今までどこに行ってたのでしょう？」

「病院ですよ」

「私の何が悪いのですか？」

「脳の血液の流れなどが少し劣っているので、お医者さんに診てもらったのですよ」

「はあ、そうですか」

義和はそう答えたが、その後も同じ質問を繰り返した。


その後、義和の症状はさらに進んだ。

食事を食べ散らかし、習慣にしていた薬は飲み忘れ、自分の持ち物がわからなくなることがしばしばあった。さらに、医師から声に出して読むように指示されていた新聞や雑誌は黙読し続けた。こうした行動を理佐子は叱ったが、義和はなぜ叱られるのか理解できなかった。

ただ、漠然と不安が高まっていることを感じていた。


ある日、入浴した後、義和は自室で涼んでいた。

すると、理佐子がバスタオル一枚のまま血相を変えて部屋に駆け込んできた。

「お義父さん！　いい加減にしてください！　お風呂はトイレではないんですよ！」

義和は何を怒っているのか理解できなかった。すると、理佐子はそんな心を見透かしたように義和の腕を掴むと、否応なしに風呂場に連れて行った。

そして、義和の身体を浴室に押し込んで叫んだ。

「この中を見てください！」

義和が理佐子の言うとおり浴槽の中を覗き込むと、底に茶色の塊が沈んでいた。

「これは何なのかね？」

義和は事態が呑み込めずに尋ねた。

「ウンコですよ！　ウンコ！　お義父さんがしたんです！」

義和は初めて事態を理解したが、身に憶えのないことだったので逆ギレした。

「失礼なことを言うんじゃない！　何でわしがこんなところでするんじゃ！」

その言葉に理佐子が爆発した。

「ふざけないでください！　さっきまで入っていたのはお義父さんでしょう！　お義父さん以外誰がするんですか！」

義和はその剣幕に押され、目を見開いたまま半裸の理佐子を見続けた。

理佐子は帰って来た太一と麻弥にその事態を伝えた。

麻弥は義和をデイサービスに通わせ、そこで入浴させることを提案した。だが、理佐子はこれ以上お金をかけたくないと一蹴した。

その間、義和は自室に籠り居たたまれなくなっていた。

自分は赤ん坊のように入浴中に失禁してしまった。なぜしてしまったんだろう？　歳をとったからか？　だが、したくなればわかるはずだ。もしかすると、理佐子さんが仕組んだのか？　いや、あの怒り方は尋常ではなかった。やっぱり自分がしてしまったんだ。これでは理佐子さんどころか、太一と麻弥ちゃんにも会わせる顔がない。

そこに麻弥がやって来てやさしく声をかけた。

「お爺ちゃん、気にすることないわ。わたしのお友達が介護士をしていて、たくさんのお爺ちゃんやお婆ちゃんのお世話をしているの。そんな人たちが失禁することなんて、よくあるんだって。だから、普通だと思えばいいんじゃないかな」

しかし、義和は失禁したという事実に心が縛られていた。

「情けないのう。歳をとったといっても、そんなことさえわからないなんて。わしは死にたい気分じゃ」

「そんなこと言わないの。わたしもお母さんに謝っておいたから」

しかし、義和はその言葉に疑問を覚えた。

「なぜ麻弥ちゃんが謝る？　失禁したのはこのわしだぞ」

「わたしにも責任があるわ。だって、お爺ちゃんがお風呂に行く前、トイレに行くように言ってなかったからよ」

「そんな責任は麻弥ちゃんにはない。わしがしっかりしてなかったのが悪いんじゃ」

「でも、お爺ちゃんは病気だから仕方ないのよ」

今度はその言葉に反発を覚えた。

「誰が病気だと言うんじゃ？」

「お爺ちゃんは認知症なのよ」

「認知症？」

「物事を憶えたり、理解するのが難しくなっているのよ」

「何を言っとる！　わしがいつからそんなバカな病気に罹ったというんじゃ！　人を病人扱いするな！　出ていけ！」

麻弥は驚きながら部屋を出ていった。

悶々として夜を過ごした義和は翌朝、散歩に出た。

外は曇っていたが、風もなく暖かかった。散歩は久しぶりだった。だが、義和はなぜ自分が散歩に出たのかわからなかった。ただ、心の中に得体の知れない強いしこりがあり、それを消すには家から離れなければならないと思ったのだ。そのしこりは入浴中の失禁が引き金になっていた。義和は家族から叱責され話題にされたことで心に大きな傷を負った。それが説明できないしこりに変化していたのだ。ところが、義和の記憶からは入浴中の失禁も家族から叱責されたことも消え、しこりだけが残っていた。

義和はずんずん歩き続け、気が付くと、見知らぬ大きな橋から下流に向かう川を見ていた。この橋は家の近くにある幌平橋であり、川は豊平川だった。ここは数限りなく通っていたが、病気がその記憶を消していた。

義和はなんとなく思った。

『ここがどこなのかよくわからないが、懐かしさを覚える所だ。だが、今はそんなことよりどこかに行かねばならない。そうしなければ、このしこりから解放されないのだ』

義和が橋を渡り切ると、まもなく小学校が視界に入ってきた。

すると、義和の脳裏に一つの記憶が蘇った。

『そういえば、わしはどこかに勤務していた。その時は車で出勤していたが、その途中、息子をこの小学校に送り届けていた。だが、最近は息子を送り届けている記憶がない。誰が送っているのだろう？　そうか。卒業したからその必要がなくなったのだ。だが、おかしい。わしはそんな息子の姿をしばらく見ていない。どこに行ったのだろう？』

息子というのは太一のことだった。義和は小学生の太一と成人の太一をそれぞれ別の人間と認識していた。そのため、解決できない問題が増えたことでさらに頭が混乱し、それから逃げるように速足になった。

家族は朝食時間になっても戻らない義和を心配していた。

「どこに行っているのかしら？　さっさと食べてくれないと後片付けができないわ」

理佐子が口を尖らせると、太一が腕を組みながら言った。

「症状が進んでいることを考えると、徘徊している可能性がある。最近は外に出ていなかったので大丈夫だと思っていたが、油断していた」

すると、義和を捜し回っていた麻弥が戻って来た。

「どこにもいないの！　遠くに行ったに違いないわ！　わたし、車で捜してくる！」

そう言いながら再び飛び出して行った。

理佐子はそんな麻弥を見て面倒臭そうに言った。

「でも、まだ徘徊とは限らないんじゃない？　知り合いに会って、どこかでお茶でも飲んでいるかもしれないし」

「とりあえず麻弥が帰ってから、どうするか決めよう」

結局、麻弥は見つけることができず泣きながら帰宅した。そのため、牧本家は警察に行方不明者届を出すことになった。


義和は路線バスに乗っていた。

それは全くの偶然だった。義和は歩いている途中、暑くなってきたので帽子を脱ぎ、額の汗を拭ってから帽子の内側の汗も拭った。すると、その一部が膨らんでいた。不思議に思い探ってみると、数枚の千円札が縫い付けられていた。実稚恵が万一を思い、縫い付けておいたものだった。その時、バスがすぐ傍を通った。義和はこのお金を使ってバスに乗ればもっと遠い所に行けると思い、停留場でバスに乗った。そのバスは札幌駅が終点だったので千円札を出して下車したが、もっと遠くにいかなければならないと思った。そこで、近くに停車していた北に向かうバスに乗り込んだが、ほどなく疲労を覚え眠り込んだ。

義和は乗務員に起こされた。そして、終点であることを告げられ乗車代を請求された。だが、義和は自分がなぜバスに乗り、なぜこんな所にいて、なぜお金を取られるのかわからなかった。それらの疑問を運転手にぶつけると、不審に思った運転手が義和を近くの交番に連れて行った。

義和は交番で様々なことを聞かれたが、名前も住所も答えられなかった。しかも、持ち物は数枚の千円札と小銭しかなく、人物を特定できる材料は顔と背格好しかなかった。警察は行方不明者と照合したが、該当する者はいなかった。その結果、保護者が見つかるまで施設に預けられることになった。


義和は豊平川の畔にある施設に引き取られた。

しかし、義和は自分の名前も住所も家族がいることも知っていた。それを話さなかったのは、得体の知れない強いしこりが自宅に戻ることを拒否したからだ。すべてを知らないと答えることで、自分の心と身を守ったのだ。施設側としては名前がないと呼び辛いので、仮の名前を付けて呼んだ。

そんな義和は一日を穏やかに過ごすことができた。所内では入居者の人たちとお喋りをし、ゲームをし、歌を歌い、テレビを見て過ごした。特に豊平川の河川敷の散歩にはいつも参加した。それは豊平川には子供の時から遊んだ思い出が強く残っていたからだ。

その当時、河川改修が充分に進んでいなかった豊平川は大雨が降るたびに氾濫し、家々が浸水した。だが、義和は大騒ぎになっている大人たちをよそに、幼い兄弟たちと一緒に浮いている板や材木で遊んだ。豊平川は普段は穏やかで、泳いだり、魚捕りをするには恰好の遊び場だった。ところが、次第に家庭や工場の排水などにより汚れ、魚が消えた。その状況に世間は目覚め、環境回復の努力により水はきれいになり、魚たちが帰って来たのだ。そんな豊平川の流れやせせらぎは義和の心を癒してくれた。

このように毎日が穏やかで、たとえ失敗しても叱る人物はいなかった。義和は自宅に帰りたいと思うこともあった。だが、帰ってしまうと、二度とこのような安らぎは得られないと感じ、知っていることを話してはならないと思い直していた。

義和が行方不明になって一年経った。

その間、麻弥は落ち込んだ毎日を過ごしていた。

『わたしはお爺ちゃんを傷つけてしまったわ。失禁や病気のことに触れずに話をそのまま受け入れるべきだったのよ。だから、怒って家を出て行って戻れなくなってしまったんだわ。悪いのはわたしよ！』

麻弥は認知症患者に間違った対応をした自分を責めた。その一方、頼りにしている警察からは何の連絡もなかった。

そんなある日、麻弥はテレビで行方不明者を捜し出す番組を観た。それは不明者を公開し、目撃情報を求めるものだった。麻弥はこの番組に頼ろうと思い両親に相談した。

しかし、二人は反対した上、太一がこんなことを言い出した。

「実は行方不明者届は出していないんだ。というのも、父さんの介護で家は大変なことになっていて諍《いさか》いが絶えない。しかも、デイサービスや薬代などでいろいろお金がかかっている。そんな時、父さんがいなくなった。もちろん、心配していないわけではないが、父さんは自分の意志で姿を消したんだ。だから、結果がどうなろうと、そのままにした方が良いと理佐子と話し合い、届を出さなかったんだよ」

麻弥は驚き呆れ、二人に食ってかかった。

「ひどい！　いくら手がかかるといってもお爺ちゃんは家族なのよ！　その家族を見捨てる

なんて信じられない！」

「わかってくれよ。父さんを介護している理佐子はいつも大変な思いをしていた。その典型的な例があの大便事件だ。あんなことをされたら、たまったもんじゃないだろう」

「病気だから仕方ないでしょう！　お父さんもお母さんも人間じゃないわ！　二人共お爺ちゃんを見捨てたのよ！　わたし、これから警察に届を出すわ！」

麻弥が泣き叫びながらそう言うと、理佐子が地から響くような低い声で言った。

「わかったわ。そうしたいならそうなさい。ただし、もし見つかったら、その時からお爺ちゃんの介護はすべて麻弥がやりなさい。それが嫌なら届を出すこともテレビで呼びかけることも絶対に許さないからね」

そう言いながら般若のような顔で麻弥を睨み付けた。その迫力に麻弥はたじろいだが、すぐ気持ちを建て直し、警察に向かった。


しばらくすると、テレビ局から出演のオファーが来た。

番組には麻弥一人が出演し、義和を見つけてほしいと全国に呼びかけた。すると、次々と目撃情報が入った。麻弥は番組スタッフと共にその中から信憑性の高い一件に連絡をとった。そこは札幌市内の身寄りのない人や身元不明者を収容する施設だった。麻弥が電話で所長と話すと、祖父の特徴と一致していた。

後日、麻弥は施設を訪ねた。

すると、そこに一年間捜し続けた義和がいたので涙を流して喜んだ。

ところが、そんな義和の様子がおかしかった。

「あんたは誰じゃ？」

「麻弥よ。ま・や。わたしの顔を忘れたの？」

義和は首を傾げるばかりだった。だが、麻弥はこうした事態をある程度予想していた。行方不明になる前から認知症が進んでいたからだ。

「お爺ちゃんはわたしと一緒に住んでいたのよ。ここは仮のお家。だから、本当のお家に帰りましょう」

麻弥は万一のことを考え両親の存在をあえて話さなかった。一方、義和は認知症の進行が進み、本当に麻弥のことがわからなくなっていた。そればかりか、ここに来るまで抱えていたしこりも過去のこともすっかり忘れ、ここが自宅だと思い込んでいた。そのため、知らない人物と記憶にない家に向かうという意味が理解できずに困惑した。

しかも、自分の名前が義和だということも教えられパニックになっていた。そこで麻弥は、持参してきた自宅や義和の部屋などの写真を見せた。だが、その写真に対する義和の反応は鈍かった。麻弥はそれらの写真を施設に預けると、一度、自宅に帰った。それは写真を繰り返し見せて、本当の家があることを説得してもらうためだった。すると、その効果は表れ、麻弥が何回目かにやって来た時、義和は帰宅を受け入れた。


自宅に戻った義和はおろおろするばかりだった。

家と部屋は何となく思い出したものの、太一と理佐子のことを思い出すことができなかった。そのため、二人はすっかり機嫌を損ねた。さらに、麻弥のことさえわからなくなることがしばしばあり、義和はとても居心地が悪かった。

麻弥は理佐子との約束どおり仕事を辞め、義和の介護に専念した。だが、それは大変だった。義和は子供のように泣きながら駄々をこねたと思うと、突然、不条理に怒り出すこともあった。麻弥は、時にはなぜこんなに尽くしているのに応えてくれないのかと涙することもあった。その反面、義和の機嫌が良い時は麻弥の言うことを素直に聞き入れた。麻弥は昔の義和に戻ったことを喜んだ。そんな時、義和は決まって豊平川への散歩を希望した。麻弥はそのたび、義和を散歩に連れ出した。そのコースは幌平橋と豊平橋の河川敷を往復するというのがお決まりだった。その途中、休憩のためいつも同じベンチに腰掛けた。

義和はいつもこんな話をした。

「わしが子供の頃、川岸は土砂がむき出しになっていてなぁ。泳いだり、魚やヤゴを取ったり、冬には氷の上で遊んだ。実は初めて告白するが、わしらはたまに上がって来る禁漁の鮭をこっそり捕らえていたんじゃよ。誰にも言ってはならんぞ」

と、口に人差し指を当てたので麻弥は答えた。

「それはずっと昔のお話でしょう？　もう、とっくに時効になっているから大丈夫よ」

「そうか。それは良かった。では、わしは捕まらないんじゃな」

そう言うと、二人で笑った。

実はこの話はこれまで何十回となく繰り返していたが、義和にとってはいつも初めて口にする話題だった。麻弥はそんな同じ話をいつも素直に受け止めていた。そうすることにより、二人の間に波風を立てることなく仲良くすることができた。

半年後、義和が倒れ救急車で病院に運ばれた。

麻弥は重篤の義和の耳元で夜通し話しかけた。

「お爺ちゃん、元気になったら一緒に豊平川に散歩に行きましょうね」

翌朝、義和は帰らぬ人となった。


初七日の法要を終えた麻弥は豊平川に向かった。

そして、義和と散歩した思い出のコースを辿った。義和のことが次々と脳裏に浮かび切なくなり、いつも二人で座ったベンチに腰を下ろした。麻弥は涙を流しながら豊平川に向かって義和のことを想い続けた。

すると、義和の声が聞こえてきた。

『わしが子供の頃、川岸は土砂がむき出しになっていてなぁ……』

十　光の玉

札幌は平成時代も人口が伸び続け、二百万人に迫る勢いになっていた。

しかし、景気は停滞し、決して良くはなかった。その一方、野球、サッカー、バスケットのプロチームが誕生し、その活躍が人々に元気を与えた。駅を中心に商業ビルや分譲マンションが建ち並び、不景気風を吹き飛ばす勢いがあった。パソコンやスマートフォンなどが普及し、電子機器は社会と家庭にしっかり根付いた。

これはそんな世の中を生きる一人のサラリーマンの話だ。

私の勤めるオフィスは自社ビルの最上階にある。

そこから眺める豊平川にはパークゴルフ場やテニスコートなどが敷設され、両岸の堤防には車がひっきりなしに走り、堤内には建物が林立している。

陽が沈んだ頃、私は豊平川を挟んだ自宅マンションに目を遣った。居間には白色の室内灯が点っていた。それは妻が帰っていることを意味していた。しばらくして、再び自宅の居間に目を遣った。すると、カーテンとガラス窓の間にオレンジ色の光が灯っていた。これは妻が夕食の支度を終えたことを意味していた。その後、退社した私は吉田茂八の石碑を横目に豊平橋を渡り、志村鐵一の石碑の前を通って帰宅した。

私は四十歳を超えた今年、結婚した。もっとも、それまで機会がなかったわけではない。ただ、伝え聞いた明治時代以降の先祖たちの生涯が気になって、結婚に踏み切れなかったのだ。

それら親族の話を整理するとこういうことになる。

ある半玉は身を売られた末に病で自殺し、ある農民は農作業中に豊平川で水死し、ある畳職人は失恋の痛手で行方不明になり、ある会社員は借金取りに追われホームレスになり、ある反戦家は戦争の後遺症で自殺した。そして、私の父は母に横恋慕した相手と喧嘩になり、その時の傷が原因で亡くなった。さらに、姪は祖父の介護と死をきっかけに家族と断絶している。

このように悲惨な人生を送った先祖が多いので、私は家庭というものが信用できなかったのだ。すると、そんな私の前に現れたのが妻だった。長野県出身の妻は不思議な女だった。普段は単純で子供っぽいのだが、時に知性的で社会的な話をしたと思うと、ギターやキーボードを弾きながら上手に歌を歌った。私はそんな妻に言い知れぬ縁を感じると、家庭への不信感が消え、結婚を決意したのだった。

そんな私たちが住居として選んだマンションは豊平川を挟んだ会社の真向かいにあった。それは会社の位置を意識して選んだのではなく、家賃、間取り、そして、犬を飼いたいという妻の要望を検討した結果だった。

パート勤めをしている妻がこんな提案をした。

「これからはあたしが帰ったら室内灯を点けて、夕ご飯ができたらその合図として窓際にランタンを灯すね」

「そんな面倒なことをしなくてもメールやラインで済むだろう」

「だって、昔の人は狼煙《のろし》で合図をし、軍艦は手旗やライトで交信したんでしょう？」

例え話が極端だったので私は返事に窮した。

「せっかく職場と自宅が肉眼で確認できるのだから文明の利器を使わず、明かりでコミュニケーションを図ってみましょうよ」

結局、妙な話で説得させられたものの、実際にやってみるとこれが意外と面白かった。

夜の街に並ぶそれぞれの建物には明るい部屋と暗い部屋がオセロのように並んでいる。そこに灯る室内灯の色は昼白色や電球色など微妙に違い、暮らしている人々の生活の違いを表しているように見えた。そんな中、私の家の窓際にはまず白色の室内灯が点き、続いてホオズキ型の鮮やかなオレンジ色のランタンが灯るのだ。私はそれを見て『帰る家がある。尻尾を振って駆け寄る愛犬がいる。妻の手作りの料理がある』と実感し、残りの仕事に力が入るのだった。

ある日、会社の創業者である会長が急死した。

悲しむ間もなく慌ただしく葬儀を終えると、社長は気分一新のためと称して老朽化しているビルの改修工事を行った。その際、ビルの屋上に設けられている祠が撤去された。実はこの祠は亡くなった会長が大事にしていたものだった。

三十年前、会長が今の場所に会社のビルを建てようとした時、そこに井戸があった。信心深い会長は井戸には水の神様がいると言ってお祓いをさせてから埋め、屋上に祠を建てた。そして、会社の発展を願い、毎日、祠に向かって柏手を打っていた。

そんな会長だったので、もし、生きていたら烈火の如く怒ったに違いなかった。だが、このことに反対する者は誰もいなかった。

夏の日、同僚たちと大通公園のビアガーデンに向かった。

最近、会社の業績が悪化していたため厄払いという口実で飲みに行ったのだ。しかも、翌日は休日だったこともあり、飲み会はススキノへのハシゴに発展した。その結果、私は日付が変わってから千鳥足で帰路についた。

豊平橋に差しかかった時のことだった。川からバシャバシャという水音が聞こえてきた。気になって欄干から首を出すと、アイヌの衣装のようなものを着た少年が鮭を捕まえようとしていた。私はその状況が信じられず目を見開きながら身を乗り出した。その途端、目の前に川が迫ったと思うと、身体に激しい衝撃が走った。川に落ちたのだ。私は慌てて浅瀬に這い上がったが、そのまま気を失った。


私は救急車で病院に運ばれた。

しかし、奇跡的に打撲と擦り傷だけで済んだ。私は知らせを聞いて駆けつけた妻の運転する車で帰宅した。だが、妻に向かって「鮭を捕るアイヌの少年を見ようとして川に落ちた」とは言えず、酔いを理由にするしかなかった。しかも、私はもっと深刻な問題を抱えていた。

それは指に嵌《は》めていた結婚指輪の紛失だ。妻はその説明を黙って聞いていたが、突然、ボロッと涙を零《こぼ》すと泣きながら家を出て行った。

実は以前にも喧嘩をして妻が家を出ていったことがあった。この時は友人の家に泊まっていたので今回も同じだろうと思い、あまり心配はしなかった。それより心配なのは、指輪だった。川で抜け落ちたなら見つけることは難しいが、救急車や病院なら拾われている可能性がある。私は消防署と病院に捜してもらったが見つからなかった。妻と仲直りするには指輪を見つけることが一番なのだが、この調子では諦めるしかなさそうだった。


翌日、夜が忍び寄った頃、仕事の手を休めて自宅を見た。

すると、室内灯に併せてオレンジ色のカンテラが灯っていた。妻が帰っているのだ。私は仕事を手早く済ませると、妻へのお詫びとして高いスイーツを手に帰路に着いた。そんな私の前に豊平橋が近付いてきた。朝は知人と一緒だったのであの忌まわしい記憶を紛らわすことができたが、今は一人で渡らなければならない。私の脳裏に落下した時の生々しい光景が浮かんだ。できるだけ川を見ないように歩いたが、気にしないようにすればするほど意識は川に向かった。

その時、河原で何かが煌《きら》めいた。思わず立ち止まり目を遣ると、再び小さく煌めいた。私は淡い期待を抱きながら堤防を回り、河川敷から河原に降り立った。すると、石の隙間から三度《みたび》煌めきがあった。私は歩み寄ってその煌めきに顔を近づけた。間違いない。私の指輪だ。二度と戻ってこないと諦めていた結婚指輪が見つかったのだ。私は言い知れぬ喜びと感謝の気持ちでいっぱいになった。そこで、買ってきたスイーツの一つを取り出して石の上に供えると、川に向かって柏手を打った。

自宅に戻った私は妻に指輪を差し出して見つけた経緯を熱弁した。

しかし、妻はそんなことよりスイーツを河原に供えたことを非難した。

「そんなことに何の意味があったの？　まさか、鮭が指輪を見つけて岸に返してくれたと思っているんじゃないでしょうね？」

私は説明ができず口籠った。

「でも、いいわ。スイーツ一つで指輪が戻ったと考えれば安いもんだわ。許してあげる」

そう言うと、テーブルの上に置いてあった離婚届を破り捨てた。

昼休み、私はオフィスで豊平川を眺めながら会長の話を思い出していた。

代々が農家だという会長の実家は作物が天候に左右されるため、神への祈りは欠かせないと話していた。信仰深い会長は年末になると必ず祠の大掃除をし、私はいつもその手伝いを命じられていた。

初めて手伝いをした時のことだった。何気なく祠の中の物を見ていると、一枚のセピア色をした写真が目に付いた。それは斜めに伸びている木だったが、幹の先が動物の顔のように変形し、四本の枝が手足のように見える異様なものだった。

「会長、これは面白い形をした木ですね」

「そうだろう。これはイタヤカエデという木で水神なんだ」

「水神？　木なのに水の神様なのですか？」

「うん。見てのとおり龍のような形をしているだろう。龍は水神でもあり、この木はその龍が乗り移ったものだと信じられているんだ。当初、この木は豊平橋の袂《たもと》で祀られていたんだが、新たに橋を架ける際、開拓使に切られそうになったので藻《も》南《なみ》公園の花魁淵《おいらんぶち》の崖の上に移植したと言われているんだ。この写真は戦前に写されたものだが、その後、枯れて倒れてしまい今は存在しないのさ」

興味を持った私はこの話をネットで検索したが、それらしいものは出てこなかった。しかし、龍や神道のことを調べているうち道内の神社や祠の多くは開拓時代に建てられたものが多いことを知った。私は会長からもっと詳しい話を聞いておけば良かったと後悔した。


北海道神宮例大祭が近付いた。

その話に妻は目を輝かせた。

「行きましょう！　行きましょう！　今年は何を食べて何をして遊ぼうかしら！」

「待てよ。お祭の意味、わかってんのか？」

「露店で金魚やヨーヨーを掬ったり、焼きそばやチョコバナナを食べたり、トロピカルドリンクを飲んだりするのよ」

「あのなぁ、お祭というのは数多くある神社の最大の祀事《しじ》で、そこに鎮座している神の恵みに感謝するため御輿に神を移して町内を巡らせ」

妻は手の平を私に向けて話を遮った。

「遊んで楽しめばそれでいいじゃない。何を難しいこと言ってるの？」

そして、探るような目付きになった。

「いつから信心深くなったの？　もしかして豊平川に落ちて頭を打ったせいかしら？」

結婚記念日、私たちはレストランのディナーで祝った。

その後、二次会を夜景の見えるバーに移したが、いつしか話題は記念日に相応しくないものに変わっていた。

「以前、公有地に建っている神社は所轄の役所と契約をしないと、憲法違反になるという判決が下されたことがある。だけど、そんな神社や祠は全国にたくさんある。そうなると、氏子は役所から土地を購入するか、賃貸契約を結ぶしかない。いずれにせよ金がかかるのでみんな苦慮している。お前はどう思う？」

私がそう言うと、妻はハイボールをぐいぐい呷《あお》りながら答えた。

「北海道には十五世紀頃から内地の人たちが移り住んで、百五十年前から本格的な開拓が始まったわ。開拓者は苦労して山林や原野を切り開き、道路や水路を造り、畑を耕し、街を造ったのよ。そして、神社や祠を建てて祈り、心の支えとしていたの。今でも年末年始のお参りをはじめ、わたしたちの生活には神様が自然に溶け込んでいるわ。そんな大事な神様を祀っている神社や祠を、建てた時にはなかった法律を元に違憲だというのはおかしいわ」

「だけど、帝国憲法で神道を国教と定め、それが軍国主義思想の支えとなり、国を戦争に走らせた。その誤った憲法の名残を新憲法で正し、平和を願うことは大事なことだ」

「違うわ。神社や祠は現代の人間が住み付く以前から自然と大きな関わりを持っていたのよ。だから、昔から建っているものは名義に関係なく既得権を認めるべきだわ。わたしは訴えた人と裁判官に『あなたたちは日本人の心と自然に対する敬いを忘れている。物事を人間の作った規則だけで機械的に決めると、今に大事なものを失うわ』と言ってあげたいわ」

妻はそう話した途端、カウンターに俯《うつぶ》せになった。

私は酔い潰れた妻をタクシーに押し込んだ。豊平橋を渡っている途中で妻の口元から小さな白い光の玉が出てきた。それはタクシーの中から流れるように外に出ると、川に向かって下りていった。だが、その現象は行き交う車の光の反射だといえば、それまでのことだった。

会社は業績を改善できずに倒産した。

私は就職活動を始めたが、なかなか見つけることができなかった。当面、わずかな預貯金と妻のパート代で暮らすことになり、今まで妻が行っていた家事を私が受け持つことになった。家事は意外と忙しく、特に毎日の献立を考えるのは大変だった。

ある時、妻が勝ち誇ったように言った。

「わかったでしょう。妻の重要性が。あなたは何かあるとすぐ仕事の話を持ち出していたけど、わたしはその仕事と家事の両方をしていたんだからね」

私は自宅の窓から祠を失った会社のビルを眺めた。

各階には照明が点き人々が動き回っていたが、会社のあった上層階は真っ暗で死んだようになっていた。そんなビルを見ながら仕事をしていた頃の思い出に浸っていると、屋上に白い玉のような光が灯った。不思議に思って双眼鏡で覗くと、その光は明るさを微妙に変えながらゆらゆらと揺れ動いていた。誰かが懐中電灯を持って屋上にいるのかと思ったが人影は見当たらず、車のライトなどの光が反射しているわけでもなかった。私は気になり、夜通し見ていたが、東の空が仄かに明るくなる頃、それは消えた。

白い光の玉は毎晩現れた。私は正体を探らずにはいられなかった。そこで、会社のあったビルの守衛室に顔を出すと、ちょうど、顔なじみの守衛が夜警のため出勤してきたところだった。彼は私を見て懐かしそうに歓迎してくれた。

会社に勤務していた時、早出主義だった私はいつもこの守衛からオフィスの鍵をもらっていた。そんなことから親しくなり、彼は私の家にランタンが灯ることも知っていた。

私は差し入れの菓子折を渡してから屋上で見た白い光の玉について尋ねた。

するると、彼は首を捻った。

「見回りで異常は確認されていません。車やサーチライトなどの光ではありませんか？」

「いえ、光の玉は浮いたまま揺れ動き、その場で光っているように見えるのです。人がいるようには見えません」

「それでは確認してみましょう」

彼は私を連れてビルを上ると、施錠された鍵を開けて屋上に立った。鉄柵に囲まれた屋上には取り払われた祠の跡が残っていた。

彼はエレベーターと空調の機械室を見回ってから言った。

「何者かが侵入したような形跡はありませんね。それに、特に光を発するようなものは見当たりません。もし、今夜にでもその光の玉というのが見えたら連絡を頂けないでしょうか。その時、改めて確認しようと思います」

その日の夕方、私は自宅からビルの屋上に目を凝らした。

すると、完全に暗くなってから屋上に件《くだん》の白い光の玉が現れた。私が守衛に連絡を入れた数分後、白い光の玉が消え、屋上に懐中電灯の光が行き交った。

私のスマホが鳴った。

「今、屋上に来ていますが、光もその原因となるようなものも確認できません」

「こちらから見ていると、光の玉は懐中電灯の光が点く直前に消えました。しかし、それまでは間違いなく屋上で光っていました」

そう言うと、守衛は戸惑ったように続けた。

「実は屋上に出る前、人がいるかどうか確認をするためちょっとだけドアを開けて外を覗いたのです」

「誰かいたのですか？」

「いいえ、誰もいませんでした。ただ……」

そう言うと、恥ずかしそうな口調に変わった。

「白い龍がいたのです」

「白い龍？」

「いいえ。実際にいたのではなく、いろいろな光が乱反射してそう見えたのだと思います。それにしてもあれは生々しいものでした。鱗の一枚一枚までわかったほどですから。ところが、ドアを開けた途端、忽然と消えてしまったのです」

その時、私は会長の話にあった龍のことを思い出していた。


私はビルの屋上を眺めながら考えた。

会長が亡くなり祠を撤去した後、会社が倒産した。もしかすると龍は会社の守り神になっていたのではないだろうか？　祠を撤去したため怒り、会社を倒産させたのかもしれない。龍はそのことを認識させるため、会長に代わり祠の掃除を手伝っていた私に白羽の矢を立てた。そこで、無くした指輪を見つけさせ、妻に神社や祠の在り方を主張させた。そして、白い光の玉を私に見せ、自分の本体を守衛に見せ、自分の存在をアピールした。

私はそんな自分の考えを笑った。そんなことはありえない。指輪の発見は偶然に過ぎないし、妻の主張は酔った勢いによるものだ。白い光の玉も龍の姿も光の悪戯に違いない。そもそも、本当に龍がいるのならあんな小さな祠ではなく、もっと立派な神社に住み付くはずだ。

私はそう結論付けた。

ところが、その翌日、私は何かに導かれるように一式の神棚セットとお札を手に入れ自宅に設置すると、自然と柏手を打っていた。すると、その夜から屋上の白い光の玉は姿を消した。

就職活動が実を結び、ある会社に採用された。

妻は再び家事担当になったが、家計が楽になるので泣き笑いの表情を見せた。そんな妻を残し、私はあの守衛に再就職の報告に向かった。

すると、守衛は自分のことのように喜んでからこう言った。

「あの日以降、龍は現れません。やはり、私の見間違いだったようです」

「私のマンションからも光の玉を目にすることはなくなりました」

「ところで、今の会社からも自宅が見えるのですか？」

「残念ながら今度の会社はビルに囲まれているので見ることはできません」

「でも、以前のように毎日、窓際にランタンを灯されていますよね？」

「いえ、今お話ししたとおり自宅は見えないので灯しても意味がありません」

すると、彼は私の家の位置を改めて確認してから断言した。

「やはりそうです。間違いなく相野根《あいのね》さんの家の窓辺で灯っています。でも、以前と違って白い玉のような光です。ランタンを変えたのですか？」

終わりに

私は季節ごとに顔を変える。

春は融雪のため水嵩が増し、岸辺の草木はその勢いに抗いながら芽を出す。生き物たちは食べ物とこれからの恋に期待を寄せる。

夏は青々とした草木が様々な花を咲かせる中、人間たちは河川敷で安らぎ、スポーツを楽しむ。鳥獣や虫や魚など生き物たちは活発に動き、生きている喜びと過酷さを味わう。

秋は紅葉や黄葉した木々が夏の思い出を残し、生き物たちは冬への準備に動き回る。数年前に旅立った鮭が帰り、必死になって子孫を残す。

冬は一面雪と氷に覆われ、生き物たちは春へ思いを寄せながら逞しく生き抜く。私は雪《せっ》氷《ぴょう》から顔を出し、氷点下の空気に靄《もや》の息を漂わせる。

私はそのような一年を繰り返し、これまで人間や生き物たちのドラマを見てきた。人間たちの寿命は私から見るとほんの一瞬だ。だが、その一瞬の中で泣き、笑い、安らぎ、怒り、葛藤する。人間たちはそうやって短い一生を終える。一方、私は自然のままに流れるだけだ。

コンクリートで固められた身体は居心地悪いが、それが私に与えられた定めなら従うしかない。だが、変えたい定めがある。それは人間との交流だ。

昔の人間は陽が沈むと眠りにつき、陽が昇ると活動を始めた。そして、生き物たちばかりか、水、土、石、風、光などすべてのものに生命があることを認識し、自然を敬った。食べ物は無駄に得ることなく、いつも感謝しながら口にしていた。私はこのように自然の法則の中で生きている人間と交流することができた。

しかし、今はそのような人間がほとんどいない。さらに、環境も変わっている。その原因は文明と知恵にある。人間は知恵により創り上げた文明に毒され、本来持っている五感をすっかり失ってしまった。しかも、自分たちの作った規則で自分たちを縛り、自分たちのために自然を破壊している。ところが、都合が悪くなると、一転して人間の科学では説明できない神に縋《すが》る。

こんな状況の中、私はほとんどの人間と交流ができずにいる。だから、もっと多くの人間と交流したい。そして、それは必ずできるはずだ。それが可能になった時こそ、人間は自分たちが自然の中に存在する意味を本当に理解できるに違いない。

私は今日もひたすら流れている。それはこの自然がある限り続く。

（了）

著者プロフィール

村重 知幸（むらしげ ともゆき）

1958年札幌郡豊平町に生を享け、幼少時に火種の残るゴミ穴に足を入れてヤケドし、小６の卒業文集で努力の字を間違え努力がトラウマになり、中学でカラーテレビを見て文明の進化を実感し、高校で２時間目終了後に弁当を完食し、大学時代に閉め忘れたコンロから流れ出るガスがタマネギ臭と知り、道庁時代に部屋の缶ビールが凍り冷蔵庫の必要性を認識した原稿の吟遊詩人。

豊平川今昔物語

2025年２月15日　初版第１刷発行

著　者　村重 知幸
発行者　瓜谷 綱延
発行所　株式会社文芸社
〒160-0022　東京都新宿区新宿１－10－１
電話　03-5369-3060（代表）
03-5369-2299（販売）

印刷所　株式会社フクイン

ISBN978-4-286-26245-1